犬神さま、躾け中。
UN225344

犬神さま、躾け中。

茜花らら

ILLUSTRATION：日野ガラス

犬神さま、躾け中。

LYNX ROMANCE

CONTENTS

犬神さま、躾け中。

神尾和音はその日まで、確かに普通の男子高校生だった。

同級生に比べたら少しばかり背が低く華奢で、クラスの女子にも男として意識されていないという自覚はあったけれど、どこにでもいる普通の男子高校生だった。

そのはずなのに。

「――……し、志紀……っ、やっぱりこれ、恥ずかしい……よ」

和音は、自分に嵌められた革の首輪に手をかけて消え入るような声で漏らした。

首輪から繋がるリードの先には、同級生で幼馴染の犬養志紀が立っている。畳の上にしゃがみこんだ和音を見下ろす目は威圧的で、冷たい。

「和音」

薄い唇から紡がれるバリトンの声は和音の肌を震わせ、反射的に緊張してしまう。

「勝手に首輪を外すなよ？　――お前は俺の、犬なんだから」

切れ長の目をゆっくりと細めて、志紀が微笑む。

その吐息まじりの声を聴きながら、和音は首輪にかけた手をそっと下ろした。

神尾家の屋敷と犬養家の家は隣同士にある。

もともと小高い丘だったというこのあたりは、この十数年で区画整備され、今注目の新興住宅地として真新しい輸入住宅が並ぶようになっていた。

つい一昔前までは何もない森の中だったと言う人もいるけれど、和音が物心ついた時にはこんなものだったと思う。

とはいえ真っ白い壁に洗練された洋風の住宅は、和音の憧れでもあった。

昔からこの土地に住んでいるという神尾家の屋敷はひたすら古臭くてただ大きいばかりで、小学生の頃は同級生から「お化け屋敷に住んでる」とからかわれたりもしたものだ。

ただでさえ古い屋敷はそこで生まれ育った和音でさえ夜になるとひとりでトイレに行けないくらい原始的な恐怖を抱かせるものだったのに、同級生からお化け屋敷なんていわれるとますます怖くなってしまう。

からかわれた和音が何も言い返せずにいると同級生はますます面白がって、妖怪の噂だのなんだのとあることないこと話し出した。

しまいには和音の眼に涙が滲んでくると、いつもどこからともなく志紀が助けに来てくれた。

「お前、怖い話が苦手なんだから聞かなきゃいいだろ」

盛大にため息をついて呆れた志紀はぎゅっと和音の両耳を塞いでから、同級生を追い返してくれるのが常だった。

「……ありがと、志紀」

志紀に何を言われたのか、慌ただしく駆けていく同級生の背中をちらりと見てから和音は小さく頭を下げた。自然と、耳を塞いでくれていた志紀の手が外れる。

「ありがとうじゃなくてお前も何か言い返せよ、いい加減」

「でも、僕んちが古いのは本当のことだし……僕もお化け屋敷みたい、って思う時あるし」

何度も修繕しているとはいえ和音の何代も前から住んでいるらしい屋敷は本当に分不相応に大きいし、和音がまだ一度も入ったことがない――入ろうと思ったこともない蔵なんかは、いかにも黴臭そうで夜中に見たくないもののナンバーワンだ。

床は軋むしお風呂は薄暗いし、無駄に大きな神棚はあるし、掃除も大変だし。隣に建っている志紀の家のほうがまだ新しく見える。

泊まりに行った時なんて志紀の家が羨ましいといえば、大して変わらないだろと呆れられてしまうけれど。

「お前んちと俺の家は江戸時代よりずっと前から一緒らしいからな」

「江戸時代より前って？　弥生時代とか？」

帰るぞ、と志紀に促されて、和音は急いで自分の鞄を取りに机まで戻った。

和音を助けに来てくれたんじゃなくて、迎えに来てくれただけだったようだ。それでも、助けてくれたことには変わりない。

「弥生……うーん、どうだろうな。平安の頃には一緒だったらしいけど」

「え！　すごい」

和音は社会科の勉強で習ったばかりの年表を頭の中でなぞって、十二単（ひとえ）や、妙に長い帽子をかぶった貴族の姿を思い浮かべながら眼を丸くさせた。

「すごいよな。まあ、そういうずっと昔の人たちから脈々と血が受け継がれてるから、今の俺たちがあるわけだし」

うんうん、と首を大きく上下に振ってから、和音は傍らの志紀の顔を見上げた。

自分と同じ小学五年生とは思えないほど大人びた顔つきをしていて、背もこの一年でぐんと大きくなった。志紀は他の同級生とはまるで違って落ち着いていて、頭もいい。女子からの人気もあった。

家が隣同士で幼馴染というだけで和音はこうして志紀と一緒に登下校できるんだから、ご先祖様たちに感謝だ。

和音の父親と志紀の母親も幼馴染で、年齢こそ五つ離れているもののずっと一緒に育ってきたのだという。

志紀の母親は物腰柔らかな美人で、いつも微笑んでいる。いつも和音には優しく接してくれているけれど確かに聡明（そうめい）そうなところは志紀とそっくりだし、街で会社に勤めている旦那（だんな）さんの後ろに控えていても、不思議と存在感のある人だ。

うんと小さい頃は、早くに亡くした和音の母親の代わりによく食事の作法や躾（しつけ）を教えてくれた。

小学校に上がるまで体が弱くて、よく寝込んでいた和音の面倒（めんどう）を見てくれたのも、志紀の母親だった。

「今日、うちに来る時宿題忘れるなよ」

学校からの帰り道、他の生徒よりも少しだけ長い帰り道を志紀と一緒に歩く。

和音は小学校に入学してからずっと、登下校の時間が一番好きだった。

「あれ？　今日志紀の家にお泊りする日だっけ」

和音を振り返った志紀を仰いで目を瞬（まばた）かせると、不意に手を差し出された。どうかしたのかと思う間もなくその手に腕を引かれて路肩に寄ると、前からちょうどスピードオーバー気味の車が走ってきて和音の横を過ぎていった。

「ありがと」

びっくりしたぁと和音が胸を撫（な）で下ろそうとした時には志紀の手は離れて、また前を向いてしまう。

「今日は国語と算数の宿題があるから、持っていくね」

志紀の後頭部ばかり見ているのが寂しくなって和音が少し歩調を早めると、また志紀の手が伸びてきて背後に押し込まれてしまう。

確かにこの道は歩道と車道の区別がなくて危ないと言われている。和音は無言の志紀に叱（しか）られたような気がして首を竦（すく）めた。

「……今日は母さんがオムライス作るって言ってたぞ」

「ほんと？　やった！」

背後でしゅんと視線を伏せた和音を知ってか知らずか、志紀がフォローするように追加情報をくれた。それでまんまと飛び上がってしまうから、志紀に呆れられるのだ。

それでも、嬉しいものは嬉しい。

父子家庭で育った和音は、月に数回、父親の仕事の都合で志紀の家に預けられることがあった。父が何の仕事をしているのかは難しくて和音にはまだよくわからなかったけれど、志紀と一緒に帰って、そのまま志紀と一緒に過ごせることは慣れっことはいえやっぱり嬉しい。

「僕、おばさんの作るオムライス大好き！」

ふふふーと笑い声を漏らすと、こちらを振り返った志紀が眉尻を下げて笑った。肩越しに見えたその表情がひどく大人びて見えて、それを見上げた和音の頬がなぜだか急に熱くなった。

「どうかしたか？」

志紀の切れ長の目が黒髪の間から覗く。表情はもう、いつも通りだった。

「……ううん、なんでもない」

和音はあわてて顔を伏せて、足早に志紀を追い越した。

顔は熱いし胸はドキドキするし、それになんだか頭までムズムズする。

和音は癖のついた柔らかい自分の髪に手をあてがって、頭を掻いた。

「神尾、犬養は一緒じゃないのか？」

やがて地元の公立中学校に進学すると、和音は教師たちに志紀の居場所を尋ねられることが多くなった。

和音がそうと言うと、志紀はお互い様だと言って取り合ってくれない。

だけど小学五年生の頃から一向に身長が伸びない和音に比べたら志紀は中学校に入ってからの二年間だけでも十センチは大きくなった気がする。

和音が露骨に羨ましがるせいか毎年健康診断の結果を見せてくれないけれど、毎日隣にいるのだからそれくらいわかる。

泊まりに行った日なんかは成長痛で足が痛むのか、夜中に足をさすっているのも見ている。

身長だけじゃない。

小学生の頃から同級生の中でも一人だけ大人びた顔をしていると思っていたけれど、志紀はますます凜（りん）とした美しさを孕（はら）むようになっている気がする。

勉強もスポーツも何でもそつなくこなしてしまう志紀に黄色い声を上げる女子を見ることには慣れてしまったくらいだ。

球技大会の時なんて如実で、志紀の一挙手一投足に学年を問わず女子が熱い視線を送っている。

それだけ目立つ志紀に比べたら、背も小さくて顔も地味な和音が探されるのは当然だと思う。

「志紀のクラスは前の時間体育だったので……たぶんお昼には、会うと思いますけど」

ああそうか、と学年主任の先生は大袈裟な身振りで自分の額を打って仰け反った。

この様子だと、志紀のクラスに行く前に和音のクラスに来たようだ。よくあることだからきっと間違ってはいないと思う。

去年は同じクラスだったけれど、二年生になって和音と志紀は別のクラスになってしまった。とはいえ隣の教室だから休み時間のたびに志紀は当然のように和音の様子を見に来ていた。

別の小学校からもたくさんの生徒が流入してくる中学では、以前のようにからかわれることもなくなったというのに。

志紀ってもしかしてクラスに友達いないんじゃないの、と冗談を言ったこともあった。だけどムキになって否定されるわけもなく、聞き流されただけだ。

そんなわけがないことくらい、和音だってわかっている。

志紀には不思議なカリスマ性があって、顔はよく整っているし無口だから近寄り難いという人もいるけど、実はすごく面倒見がいい。そんなの、もう十年以上面倒を見られている和音が一番よく知っている。

最初は遠巻きにしていた人たちも、すぐに志紀のことを好きになる。

そんな志紀が未だに和音のことを気にかけてお昼も一緒に食べてくれるのは、ひとえに和音が頼りないからなんだろう。

「じゃあ神尾、これ犬養に渡しといてくれないか」

教室に歩み入ってきた先生は腕に抱えた分厚いファイルから一枚のプリントを引っ張りだして、和音の了承を得る前に机に置いた。

そこには進路希望調査票と書かれていた。

「面談の時に提出するように伝えといてくれ。神尾の面談日はえーと、確か……」

「来週です」

掌（てのひら）にじわりと汗が滲むのを感じながら和音が答えると、先生は大きく肯（うなず）いた。

「じゃあお前のも渡しとくか」

もう一枚プリントを引き出した先生に、手をあげる。

再生紙でできたコピー用紙は和音の掌に触れると湿気を帯びて、少し反り返った。

じゃあ頼むな、と言い残して先生は慌ただしく教室を出て行く。その後ろ姿を眺めながら、和音は手の中のプリントをきゅっと掴（つか）んだ。

公立の小中学校までは、当然のように志紀と一緒だった。

だけど高校となればそうもいかないだろう。

志紀と和音とでは学力も違う。改めて聞いてみたこともないけれど、きっと将来の夢だって。

進路希望を三つまで記入できるプリントの空欄が妙に寒々しく、虚（むな）しく見えて和音は志紀のぶんのプリントを二つに折りたたんだ。

茜色の夕焼けが差し込む教室で志紀が母親と並んでいる面談の風景は想像できるけれど、志紀の口からどんな将来の希望が出てくるのかがまるで想像できないことが怖かった。

志紀のことならなんでも知っていると漠然と思っていたけれど、考えて見ればそんなことありえない。

ただ和音は隣にいることが多いというだけで、志紀はあまり自分のことを話したがらないし。

「……！　僕、志紀探してくるね」

ひたひたと胸を侵略してくる不安を振り払うようにして、和音は勢いよく椅子を立ち上がった。傍にいたクラスメイトが驚いたように目を丸くする。だけどそれは和音が急に立ち上がったからであって、別に和音が志紀を探しに行くこと自体に驚いているわけじゃない。それくらい、ずっと一緒にいることが当たり前だと思われているから。

和音は小走りで教室を飛び出ると、志紀のクラスが体育をやっていただろう体育館に向かおうとした。

だけどすぐ前方に志紀の姿を発見して、思わずずっつんのめりそうになった。

出鼻をくじかれるとは、まさにこのことだ。

「何やってんだ、危ないだろ」

教室の出入り口でちょっとよろけただけなのに、志紀が廊下を走ってくる。

眉間には皺が寄っていて、相変わらずドン臭いやつだとでも言いたげだ。実際和音は志紀みたいに運動神経もよくないから、見ていて心配になるのかもしれない。

「だ、大丈夫。志紀を探しに行こうと思ってたらすぐそこにいたからびっくりしただけだよ」

体育の後で体操着姿の志紀に、和音の背後から女子の視線が突き刺さってくるようだ。志紀だってそれに気付いているはずだけれど、顔色一つ変えない。志紀にとっては慣れたものなんだろう。一緒にいるはずの和音は未だに慣れないのに。

「俺を？　何かあったのか」

志紀は表情を大きくは変えないから、女子に人気があることを僻（ひが）んでいる男子からは格好つけだと言われるし志紀に理解のある男子からも何を考えているかよくわからないと言われることがよくある。

確かにクールだとは思うけれど、何を考えているかわからないってことはない、と和音は思う。

さっきまでは和音の鈍くささに少し苛（いら）ついていた志紀が、今は何か重要な用事だろうかと心配してくれているのがわかる。

和音は志紀の心配そうな顔を仰いで、学年主任から預かったプリントをそっと差し出した。

強く摑んでいたせいで、少し皺になってしまっている。まるで自分の心のようだと思った。

「これ、先生から預かった……」

体操着の胸に押し付けるようにしてプリントを渡すと、志紀はそれをつまみ上げて開いて、小さく鼻を鳴らした。

何だこんなことかと思っているんだろう、ということはわかる。

だけど、志紀がそれに何を記入するのかはわからない。

「――……志紀って、どこの高校行くの？」

努めてなんでもない風を装って尋ねるつもりだったのに、実際口に出すと胸が押し潰されそうな気持ちになった。

志紀と一番仲がいいのは自分だと思っていたし、こんなことを思うのは間違っているとしても志紀を自分の体の一部のように感じていたのかもしれない。

進路が別々になって志紀のいない高校生活を送る自分が想像できない不安と、志紀はそれをなんとも感じてないいんじゃないかと思う恐怖で足が竦みそうになる。

志紀の進路を知らないでいることが嫌で自分で聞いたことなのに、耳を塞いでしまいたくなる。

知らず和音はうつむいて、唇をぎゅっと噛み締めた。

「うーん、……まあお前の学力なら北高くらいだろ」

プリントを四つに折ってジャージのポケットに無造作にしまう志紀の手が、視界に映った。

思わず、顔を上げる。

「え？　えっと、僕の志望校じゃなくて……」

確かに和音の学力では電車で二つ先の駅にある公立高校が妥当だと思っていたし、距離的にもそれが現実的だと思っていた。

和音は志紀の志望校を知らなかったけれど、志紀は和音の進路なんてお見通しだったということだろうか。

心が水を吸ったようにますます重くなっていく。

一度仰いだ顔から、また視線が落ちてしまう。

「別に北高だって問題ないだろ。県内三位くらいだし」

「だから僕のじゃなくて、志紀の……！」

まるではぐらかされたように感じて志紀に詰め寄ると、切れ長の瞳が冷ややかに和音を見下ろしていた。

呆れている表情だ。

和音は一瞬、言葉に詰まった。

もしかしたらという気持ちと、だけどそんなの自分の妄想じゃないのかという気持ちが交錯して、口にするのを躊躇ってしまう。

「————……あの、まさか、志紀……一緒に、北高に行ってくれるの？」

それでも志紀の顔色を慎重に窺いながら問いかけてみると、志紀が明後日の方を向いて小さくため息をついた。

「……遅え」

「えっ、だって志紀ならもっといい学校だって行けるし私立だって、それにあのえっと、おばさんだって許してくれるかどうか……！」

驚きのあまり堰(せき)を切ったように早口でまくし立てると、露骨に眉を顰(ひそ)めて耳を掻いた志紀が和音から大きく顔を反らした。

あっと慌てて口を塞いで、志紀を上目で見上げる。

半袖(そで)の体操着からあらわになった腕を組んで、志紀がもう一度ため息をこぼした。

「あのな。……お前は俺がいないとダメだろ」

低く唸(うな)るように抑えられた声は呆れて聞こえるけれど、それ以上に安心感があって、小さい頃からずっと和音を守ってくれていた志紀の優しい声だ。

さっきまで重く沈んでくしゃくしゃになってしまっていた心が浮ついて、頬が緩んでしまいそうになる。

和音はドキドキとはやる胸を抑えながら頭を掻いた。

「う、……えっと確かにそうだけど、でもそんなことで志紀の大事な進路が決まっちゃって、……平気なの？」

じゃあやっぱりやめたと言われたら泣き出したくなるかもしれないけれど、志紀には志紀の人生がある。それは、頭では理解しているつもりだ。

だけど、高校でもまた三年間一緒に登下校できるならそれが一番嬉しい。

気持ちが揺れつつも、不安から解き放たれた反動で体温でも上がっているのか、頭がむず痒(がゆ)い。

「別に、高校くらいで俺の人生が変わるもんでもない。……頭、どうかしたのか？」

頭が痒いなんてまるで不潔にしているみたいで少し恥ずかしいけど、頭の天辺のあたりがどうにもむずむずして、触らないでいられない。

訝しげに見る志紀に首を竦めて、和音は両手を自分の柔らかな髪の上に伏せた。

「う……ん、なんか最近このへんがむず痒いっていうか……くすぐったくて」

髪を掻き混ぜるようにして擦りながら、ううーと唸る。

と、志紀の形の良い眉がぴくりと跳ねた。

「志紀？」

シャンプーをちゃんと流していないんじゃないかとでも言われるかと思ったのに、妙に神妙な表情を浮かべた志紀に和音が顔を上げると、不意に腕組みを解いた志紀の腕が伸びてきた。

「っ！」

びっくりして、思わず息を呑む。

和音の背後の壁に手をついた志紀の体が、ぐいと近くまで迫ってきていた。

教室の中から志紀を盗み見ていた女子の黄色い声があがったかもしれない。だけどそんなこともわからないくらい、志紀が近い。

体操着をつけた志紀の胸が和音の目の前を覆っていて、目眩を覚えそうになる。

昔はすぐに飛びついたりもしたし、和音が怖がって泣いていたりすると志紀がぎゅっと抱きしめてくれたこともある。和音が風邪をこじらせて咳が止まらない時だって志紀が一晩中でも背中をさすっ

てくれていたけれど。

最近はこんなに近くに寄ることはなかった。

知らないうちに志紀の胸は厚くなっていて、和音は思わずどぎまぎしてしまった。

「し、志紀……っ近い、」

「どのへんだ？」

和音を壁際に追い詰めた志紀の手が髪に触れて、頭皮を確認するように覗き込んでくる。

詰めてしまっていた息をごくんと飲み下して、和音は二、三度瞬きを繰り返した。

頭を見てくれているだけか。

いや、そんなの当たり前だ。和音が頭を痒いと言ったから、志紀は心配してくれた。それだけだ。

知らず緊張した肩の力はゆるゆると解けていったけれど、一度跳ね上がった心臓はまだ落ち着きそうにない。

志紀に触れられた頭も相変わらずむず痒くて、和音はぎゅーっと強く目を瞑った。

今思えばあれが前兆だったのだけれど。

その時の和音には自覚も、自分がどんな存在なのかもわかっていなかった。

＊　＊　＊

頭のむず痒さは高校に上がっても続いていて、特別生活に支障をきたすわけでもなかったけれど、しばしば和音を悩ませた。

体温が上がって汗ばんだりすると痒くなるのかと思えば体育でどんなに汗をかいても、夏場の寝苦しい夜も平気だったりする。

かと思えば冬場の早朝、登校前の待ち合わせ場所に立っている志紀の姿を見ただけで頭が急にむずむずしてきたりするのだ。

「……一度皮膚科に行ったほうがいいのかなあ」

その日も吐く息が白くて、今にも雪が舞い落ちてきそうな空模様なのに頭がむずついて、和音は唇を尖（とが）らせた。

「頭以外に痒くなったりはしてないのか」

頭ひとつぶんはゆうに大きい志紀が和音の頭を覗き込んで、髪を掻き分ける。その指もくすぐったくて、和音は笑い声を漏らしながら首を振った。

「ん、頭だけだよ。頭だってちゃんと洗ってるし……！」

「それはわかってる」

手を避けた和音の頭を追って、志紀が腕を伸ばしてくる。リーチの長い志紀の大きな掌にすぐ頭を押さえられたかと思うと、そのまま髪をくしゃくしゃと掻き混ぜられて、和音はわあっと声をあげた。

「まあ、病院に行くようなことでもないだろ。おやじ様はなんて言ってるんだ？」

志紀の手に乱された髪の毛を手櫛でなおしていると、ますます頭がむず痒く感じてくる。

いつも痒くなるのは一箇所で、頭の天辺のほうだけれど一番真上のところじゃなく耳の上の方だ。和音はそこを指で触ってみたけれど、何ができている様子もない。

「父さんは、そんなの気のせいだろうって……」

そういえば、頭が痒いと話した時の父親の様子は少し変だった。

体の一部が痒い程度のことをわざわざ親に話すようなことかというのとは違った、妙に怪訝そうな反応が気にかかる。

だけどそれを話そうとした時、教室の扉から志紀を呼ぶ声があった。

「犬養ー！」

クラスメイトの男子の声につられて和音も一緒になって振り返ると、廊下から女子生徒がこちらを窺っていた。

志紀を呼んだ男子は頼まれて呼び出しただけのようだ。ただその声の大きさを女子生徒は恥ずかしがっているようにも見える。頬がピンクに染まっていた。

「ちょっとごめん」

手慰み程度に伏せていた掌で和音の頭をもう一度くしゃっと撫でると、志紀が足早に廊下に向かっていく。

志紀を呼び出したらしい女子の顔に見覚えはない。華奢でおとなしそうな、可愛い女の子だ。志紀が扉まで行くと、気恥ずかしそうに顔を伏せてしまっている。

そのまま二人は、人目を避けるように教室を出て行ってしまった。

「……コクられてるな、あれ」

和音がなんとなく志紀の去っていった扉を眺めたままでいると、傍らにいたクラスメイトがぽつりとつぶやいた。

「え？」

「ま、バレンタインデー近いしな。他の女に取られないうちにあわよくばって感じ？」

振り返ったクラスメイトはニヤリと笑って、やはり志紀が姿を消した廊下を横目で見ている。その隣にいる男子も大いに肯いていた。

「え？　……え？」

確かにバレンタインデーは来週に迫っているし、志紀は毎年、学年問わず学校の中でも外でもチョコレートをたくさんもらっては辟易している。

和音だって貰わないわけではなかったけれど、和音のもらうチョコは友チョコというやつで、志紀がもらうものとは明らかに違って見えた。

志紀がモテるというのはわかっていたつもりだし、モテるのも納得だ。

だけどなんだかこの時は胸がざわついて、和音は志紀が去り際に撫でていった自分の髪に触れた。

教室内でみんなが好き好きに騒いでいる声が、耳にチクチク刺さるようだ。

新しくできたカフェがとか今日発売の雑誌がとか、彼氏が彼女が、好きなアーティストがとか、気に留めるつもりもないのに過敏なまでに和音の耳に飛び込んでくる。

休み時間に集まっておやつを食べている女子たちの手元から、甘い匂いまで漂ってくる。

それに耐えられなくなって和音が思わず蹲りそうになった時、傍らのクラスメイトがひときわ大きな声で「よし！」と言って立ち上がった。

「見に行くか」

「え？」

なんだか急にもやもやして気持ち悪くなってきた和音がクラスメイトを見上げると、彼はゲスな笑いを浮かべて廊下を指差した。

「犬養がコクられてるとこ。見に行こうぜ」

「え？　ちょ……っ」

「いいねえ！」

戸惑った和音の声はもう一人のクラスメイトに掻き消されて、あっと声を上げる間もなく腕を引かれる。

別にそんなところ、見たくない。

志紀が告白を受け入れるところも断るところも、見たいと思わない。そもそも女の子と話しているのを見るのさえ気が乗らない。

「ちょ……っ待って、って！　僕はいいよ」

クラスメイトに腕を引かれる和音の姿を、同じクラスの女子が笑って見ている。その笑い声も、いつもは別に気にならないのに今日は耳に響くように感じる。別に嫌な気分になるわけじゃないのに、思わず耳を塞ぎたくなる。

少なくとも、教室にいるよりはましかと思って廊下まで引きずられてきてみたものの、だからといって志紀の姿を追う気にはならない。

クラスメイトの腕をやんわり振り払って、和音は「トイレ」とだけ言ってその場を逃げ出した。

背後から「なんだよー」という、さして本気でもなさそうなクラスメイトの声が聞こえた。

なんだか体の調子がおかしい。

いつもならこんな時、志紀に相談するのに。

別に志紀が戻ってきてから話せばいいだけだけれど、今は志紀がいない。

あるいは、志紀がさっきの女子と付き合う――なんてことになったら、和音はその隣にはいられないんだろう。

「……っ」

ぎゅーっと胸が締め上げられるような息苦しさを感じて、和音はトイレの方へ逃げ出す足を止めて胸を押さえた。

別に本当にトイレに行きたいわけではない。だけどあの場にいたくなかったし、どこにいたいかといえばいつものように志紀の隣にいたかったし、だけど女子に告白されている志紀が見たいとも思わない。

その場で蹲って泣きたいような気持ちに襲われた時、ふとどこからともなく志紀の声が聞こえた。

「――……それで、用は何？」

反射的に顔を上げる。

あたりを見回しても、志紀の姿はない。

「ご、……ごめんなさい。急に呼び出したりして……あの、C組の橘といいます」

微かに聞こえるのは、志紀を呼び出した女子のものだろう。

押さえた手の下で心臓がバクバクと打ち始める。

知らないうちに志紀たちの傍まで来てしまっていたのだとしたら今すぐこの場を離れなければいけない。だけど、どっちに志紀たちがいるのかもわからない。

和音が来た方向は教室があるだけだし、向かう先には男子トイレがあるだけだ。廊下に面した窓の下を覗き込んでみたけれど、人影はない。

無意識に和音は鼻をくんと鳴らした。

志紀のにおいがする。

今まで志紀のにおいなんて意識したこともなかったけれど、直感的にそうだとわかった。

太陽と汗の混じった、小さい頃からずっと慣れ親しんでいるにおいだ。志紀の家のにおいとも少し違う。志紀自身のにおい。

それがどっちから漂ってくるかも、何となくわかる。

和音は半信半疑で、気付けばそちらに足を進めていた。

五感が敏感になったような自分に戸惑いながら、心臓がますます激しく打っている。

「……それで？」

志紀の冷たい声が近付いてきた。

もし和音の聴覚と嗅覚(きゅうかく)を信じるなら、彼らは男子トイレの向こう、階段を下りた先にいるようだ。

「あの……っいつも犬養くんのこと見てて——……ちょっと近付き難いけど、困ってる人を見るとさり気なく助けてくれるところとか、あのっ、私も前に助けてもらったし……」

何度も言葉に詰まる橘という女子生徒の声は熱を帯びていて、志紀への強い好意を感じる。

足音を立てないように慎重にそちらへ向かいながら、和音の胸は何故(なぜ)かえぐり取られるように強く痛んだ。

確かに志紀は優しい。

そんなの、和音が一番よく知っている。

だから、――きっと今までずっと、志紀は和音の傍にいてくれたんだろう。何につけても鈍くさい和音を放(ほう)っておけなくて。

そりゃあ和音だって志紀にちゃんとしているところを見せたいと思っているし、わざと志紀の手を焼かせようなんて思ったことはないけれど、それでも志紀の優しさに甘んじていないかと言われたら否定できない。

だって、志紀の傍にいたいから。

きっと橘という女子は志紀と付き合いたいんだろう。

志紀はなんて答えるんだろう。

もし志紀が彼女の気持ちを受け入れたら、きっと和音よりも彼女と一緒にいる時間が多くなる。志紀は恋人ができたからって友達をないがしろにしたりしないだろうけれど、それでも、志紀にとっての「一番」は彼女になる。

ざわざわと胸が騒ぐ。

別にこんなの、ふつうのことだ。自分たちももう高校生なんだし、異性を好きになったりもする。兄弟のような友達であっても、一個の人間ではない以上、それぞれの人生がある。誰か別の人と付き合って、いずれは結婚したりもするんだろう。あたりまえのことだ。仕方のないことだ。

そう思おうとする一方で、突き上げるような激情が和音の体を震わせる。

もし志紀が、この橘という女子じゃなくてもいずれ志紀から好きになった女子がいたりして交際できるようになったとして、手を繋いだり、和音に対するよりももっと優しい表情で微笑みかけたりして——それからキスをして、体に触れて、肌を重ねたり——そんなことを、するのかと思うと。

和音は足を止めて、とうとうその場に蹲った。

息が弾んで、体が熱くなってくる。

小さい頃はよく一緒にお風呂に入ったりもしたけれど最近いつ見たかは覚えてない志紀の肌を、和音が知らない女性が触ったりするんだろうか。あるいはもうすでに志紀は女性を知っているんだろうか。

そんなこと今まで、考えてみたこともない。

和音は自分の中に急速に広がっていく黒い染みのような独占欲を自覚して、強く目を瞑った。

だけどそれだけじゃない。

今じゃなくてもいつか、あるいは既に志紀が劣情を覚えて誰かに接しているのかと想像すると、和音の中に甘い疼(うず)きのようなものが芽生えてくる。

志紀のことならなんでも知っている。そう思っていたのに。

和音のことなら、志紀に何でも知っていてほしい。だけど志紀はそんなことは望んでいないかもしれない。

じゃあ他の女子に対してなら望んだりするのだろうか。そう思うと、胸を掻(か)き毟(むし)りたい気持ちに襲われる。

志紀、と口の中で小さく呼ぼうとすると胸が燃えるように熱くなった。

「犬養くんのことが、好きです。――……付き合ってください」

震える声で橘が言った。

嫌だ、と叫びだしたいような気持ちで和音が思わずその場を立ち上がった時――むずついていた頭から、何かが飛び出した。

「!?」

廊下に伸びた自分の影を見ると、頭上に何かある。

制服のスラックスの中にも、まるで何かが生えてきたみたいに。

目を瞠り、頭が真っ白になって呼吸が止まる。

ごくり、と喉を鳴らしておそるおそる自分の頭に手を伸ばす。

そこにはあたたかい、ふかふかのものがあった。髪の毛とは違う、もっとやわらかなものだ。

驚くと、制服の中のものが窮屈そうに動いた。まるで、自分の意志と同調しているみたいだ。

「え？　……え？」

思わずつぶやいて、トイレに踵を返す。鏡を見ればわかるはずだ。

両手で頭を抑えながら和音が駆け出した時、背後で志紀が面倒そうな声で橘に断りを入れている声が聞こえたような気がした。

「おい、和音。……いないのか？　開けるぞ」

明かりを消した室内から障子に映った影を見るまでもなく、志紀が訪ねてきていることはわかった。

遠くからでも、志紀の足音がわかる。

昼間、教室でみんなの声が急に気になってしまったように、聴覚が過敏になっているせいだ。

和音は障子に手をかけた志紀の影を見ると、慌てて頭から布団をかぶった。

布団の中で、腰についたものが勝手に蠢く。背後に腕を回して和音はそれを押さえこんだ。

「——電気もつけないで何してるんだ。寝るにはまだ早いぞ。具合でも悪いのか？」

鍵もかけられない自室の戸を音もなく開いた志紀が、こんもりと盛り上がった和音の布団を見下ろしてため息をついた。

布団の下で、黙って首を振る。

具合は悪くない。

だけど、なんだか体がおかしい。

いつもだったら志紀に相談するところだけれど、今日はとてもそんな気になれなかった。

今日は断っていたようだけれど、いつか志紀だって和音と一緒にはいられなくなるんだから——そう思うと。

「おい、和音」

明かりをつけて部屋に歩み入ってきた志紀が、訝しげに声をあげる。

「なんで勝手に先に帰ったりしたんだ。探したんだからな」

「ご、――……ごめん」

志紀が忙しそうだったからと付け足そうとして、ぐっと飲み込んだ。なんだか嫌味っぽくなりそうな気がした。

ようやく返事をした和音に大きなため息をついた志紀が、畳の上に腰を下ろす。

和音は頭を覆った布団の下から胡座(あぐら)をかいた志紀の制服のズボンを覗き見て、慌てて顔を伏せた。

もしかしたらこれは志紀の変なことを想像した罰が当たったのかもしれない。小さい頃から一緒に育った志紀の――他の人とセックスするところ、なんて。

そんなこと、今まで考えたことなかったのに。

それは胸が千切れそうなくらい嫌な気持ちがするのに、ひどく和音の体を熱くさせた。

だけど、そんなことでドキドキするなんておかしいし、たぶん悪いことだ。だから、こんな罰が当たったんだ。

「和音」

「！」

志紀の手が布団に伸びてくると、和音は目に見えて大きく肩を震わせた。

それに驚いたように志紀が一度、手を引っ込める。たぶん今頃、眉を眇(すが)めて困ったような顔で和音を見下ろしているんだろう。見なくてもわかる。

「どうしたんだ、一体。何か気に食わないことでもあるのか」

「き、……気に食わないとか、じゃなくて……」

このまま和音が頑なに布団をかぶっていたら、志紀はそのうち「じゃあ寝てろ」と言って帰ってしまうかもしれない。

志紀に心配をかけたくないし、自立しなきゃと思うんだし、それでいい。

こんなの見られたらどうしてこうなったのか説明しなきゃならないし、まさか志紀のいやらしいことを想像したらこうなったなんて言えないし。

だけどこのまま志紀が帰ってしまったら——明日から和音はどうやって登校すればいいのかわからない。

こんなの隠し通せると思えない。だから慌てて帰ってきてしまったんだから。担任に早退届も出さずに。

「先生には俺から言っといた」

まるで和音の心を読んだかのように志紀が言うと、和音はまた大きく首を竦めた。

「あり、……がと」

「で？」

もう一度ため息をついた志紀が、もう一度布団に手を伸ばしてきた。和音が身を引こうとしても、大した抵抗にもならない。今度はしっかりと綿布団の縁を摑まれてしまった。

「どうしていつまでも布団をかぶって縮こまってるんだ？」

「ね、――熱、っぽくて！」

慌てて咳き込んでみせたけれど、志紀に嘘なんて通用しない気がしていた。志紀に嘘をつくなんて初めてかも知れない。後ろめたさで胸が詰まるようだ。

それに、嘘をついてまで志紀をもし遠ざけることができたとして――自分一人でこの問題を解決できるのか、不安もある。

「熱？　ちゃんと測ったのか？　メシは？　お前まだ制服じゃないか。ちゃんと着替えて横になっていないと――」

志紀の腕が、熱だなんて言ったせいで逆に容赦なく和音から布団を剝ぎ取る。

あっと声を上げる間もない。

慌てて布団をきつく握り直そうとしたけれど時既に遅く、和音の頭上に生えた犬のような耳が部屋の明かりの下にあらわにされた。

「――……、」

布団を剝いだ志紀が、目を瞠って言葉を失う。

唇を半分開いたまま、呼吸も止まっているようだ。

そりゃあ、驚きもするだろう。

和音だって飛び込んだトイレの鏡でこれを初めて見た時は尻餅をつきそうになった。尻餅をつきそうになってはじめて、制服のスラックスの中で窮屈になっているものが尻尾なんだということに気付いて更にびっくりした。

「――ぁ、……あの、これ……は、」

布団を取り上げられて宙に浮いた手で慌てて頭を押さえる。

癖のついた髪を掻き分けて生えてきた犬のような耳は、ビーグル犬のように焦げ茶で垂れ下がったものだった。

引っ張ってみると自分の皮膚ごと引っ張られるようだし、そもそもふかふかの耳に触ってみると「触られている」という感覚が確かにある。

耳を隠そうとして手で押さえると、過敏になっていた聴覚が塞がれる感じもある。

それに、耳が生えてきている場所はもうこの数年間ずっとむず痒さを感じていたところだ。今は、なんとも感じなくなっている。

「……和音、お前」

ようやく絞り出したような声でつぶやくと、志紀は和音の背後を覗き込んで尻尾を窺った。

もう今更、隠しても遅い。緊張で体にまとわりつくように縮こまった尻尾を、和音はちらりと見下ろした。

「あ、の……これ、ふ、ふざけてるわけじゃなくて……信じてもらえない、かもしれないけど……本当に、生えて、て……」

唇が震える。

気持ち悪いと思われてしまうかもしれない。

あるいは頭がおかしくなったと思われるかも。志紀を他の女子に取られるのが嫌で、気を引きたくてこんなことをしているんだと——和音自身も、そうなんじゃないかと思えてしまう。

自分で自分のことが信じられなくて、伏せた視線が涙で濡れてくる。

「お前、……おやじ様から何も聞いてないのか？」

「え？」

押さえた手の下で耳がぴくんと動いた。

おそるおそる志紀の顔を仰ぐと、志紀はもう驚いた顔をしていなくて、どちらかといえば少し呆れたような表情に見えた。

「聞くって……何を？　父さんにはまだ見られてないから……」

父親は忙しい人だから、和音がふざけたことをしていると思って嫌な顔を浮かべるかもしれない。

志紀が大きくため息をついて、頭を乱暴に掻いた。

「え、あの……父さんが、何か」

「まあ、いいか」

和音の質問を遮って志紀は声を上げると、畳の上に放り出した自分の学生鞄を手繰り寄せた。

「具合の悪いところはないんだな？　熱っていうのも、嘘か」

「う、……うん……。嘘ついて、ごめん……」

身を竦ませて、和音は小さい声で答えた。

むしろ体の調子はいいほうだ。頭の不快感もなくなったし、尻尾が勝手に動いてしまうのは変な感じがするけれど、嫌ではない。

ただこんな姿の人なんて見たことも聞いたこともないから、自分がこれからどうなってしまうのかという不安で胸が押し潰されそうではある。

それも、志紀にバレてしまったことでなんだか少し安心してしまった。

志紀ならなんとかしてくれるような、そんな気がしているからだ。

これが、志紀に甘えてしまっているということなのだけれど。

「まあずっと頭がむずむずするとは言ってたからな。遠からずこうなるだろうとは思ってたよ。間に合ってよかった」

志紀はまるでなんでもないことのようにそう言って、鞄を開いた。

その中から、首輪が出てくる。

「っ、！」

和音は思わず自分の目を疑って、大きく瞬いた。

何度目を凝らしてみても、それは赤い革でできた、首輪のようだ。犬が嵌めるようなものより、一回り大きく見える。

志紀がペットを飼っているのなんて見たことがないし、和音も小さい時から父親にお願いしても認められたことはなかった。

むしろ近所で捨て犬を発見しても一顧だにしなかったのは志紀の方だった。

「え、志紀、なんでそんなもの持ち歩いて……」

布団の上で無意識に後ずさりながら、和音は自分の首を掌で押さえた。頬が引(ひ)き攣(つ)る。

「どうしてって、当然だろ？　お前が神尾の人間で、俺が犬養の人間だからだよ」

えっと声をあげたはずの唇からは、息だけが短く漏れた。

何のことだかわからない。

神尾家と犬養家は確かに昔からずっと一緒だったと聞いてはいるけれど、それが今なんの理由になるのか。

志紀をじっと見つめて説明を待っていると、金具を解いた首輪が開かれて、まるで当然のように和音に迫ってくる。

「っ、ちょ……っちょっと待って！　どういうことだかわかんないよ！」

慌てて制そうとして和音が伸ばした手をやんわり摑んで、膝立(ひざだ)ちになった志紀が冷静な表情で見下ろす。

怖くはないけれど反射的に身が竦むような、威圧的な視線だ。

「わからないのか？　犬には躾が必要だろ？」

ぎくり、と肩が強張る。

確かに和音の頭に生えているものは犬の耳だし、尻尾だって。

おもちゃをつけてふざけているわけじゃない。信じてもらえたことは素直に嬉しいけれど、だからって犬かと言われると和音は確かにこの十六年間人間だったし、今だって完全な犬というわけじゃない。

かといって、普通の人は犬耳が生えてきたりなんてしない。

混乱して、和音は潤んだ目で志紀を見上げた。

「し、……躾って言われたって……」

これから犬として生きていけと言われるのだろうか。

学校にも行けず、首輪に繋がれて志紀のペットにでもなるのだろうか。

そう考えるとちょっと悪い気がしないでもないけれど、でもやっぱり自分は人間だという意識があるし、すごく複雑な気分だ。

言葉に詰まった和音の首の手をあっけなく振り払うと、志紀がなんでもないことのように首輪を巻きつけてくる。

肌に触れる内側の部分は綺麗に鞣してあるのか、あたたかみさえ感じるようだ。ただ端を留める金具の部分だけはひやりとして、和音は思わずぎゅっと目を瞑った。

「神尾家は古来から獣人の血筋なんだ。お前だけじゃない、おやじ様も、お祖父様も、その前もずっと脈々と犬神様の血を引いている」

「え？　父さんも？」

緊張で強張っていた顔を上げて志紀を仰ぐ。と同時に首の後ろで革の滑る音がして、志紀が首輪から手を離した。

首輪を嵌められてしまった。

自分に生えてきた耳や尻尾のことも、双方の家の話が出てきたことも、何もかもわけがわからないまま困惑した和音が首輪に触れようとすると、無情にもその手は捕まえられた。

「お前、自分の父親が何をしているのか知らないのか？」

摑んだ手を、志紀は布団の上に座り込んだ和音自身の膝の上にそっと——だけど有無を言わさない力で戻した。

「と、父さんは……講演とか」

だから昔から地方出張が多くて、たまに帰ってきた時は無駄口を利かず自室に籠っている、そういう父親だった。

志紀の父親が街に出て会社員として働いているのを見るとなんだかちょっとかっこいいと思ったりもした。

「何の講演だ？　著作でもあるのか？」

「え？　えっと……」

そう言われてみると、父親が何の権威で講演を打っているのかも知らない。

その割には和音が知る限りずっと仕事は途切れたことがなく、毎月何週間も家を空けたりしている。

家計に困ったこともない。

光熱費や通信費などとは別に食費代とお小遣いを兼ねて渡されている預金通帳には十分な金額がいつも入っている。

預かっているお金以上に贅沢(ぜいたく)しようと思ったこともないし、近所のおばあちゃんたちから野菜やお惣菜(そうざい)を分けてもらうことも少なくない。

そういう時おばあちゃんたちは決まって、神尾さんちにはお世話になってるから、と言っていた。

だからなんとなく、父は高齢者に優しい何かの講演をしているのだろうくらいにしか思ってなかった。

黙って大きく首を傾(かし)げた和音に、志紀がそっと額を抑えてため息を吐き出した。

「……昔から獣人は現人神(あらひとがみ)として地域の人間に敬われてたんだ。近代化するにつれてその神秘性が失われ、獣の耳や尻尾がある人間を見世物として扱う人間が増えてきた。それで、神を名乗ることはなくなったけどな」

「えっ、じゃあ父さんは神様ってこと？」

それを言ったら自分も――ということになるのか。

なんだか急に怖いような気持ちになってきて和音は身震いした。

その肩を、志紀の掌がそっと包むように摑む。体に染みこんでくるような暖かさを感じて、和音は頭上の耳をぴくんと跳ねさせた。知らずのうちに耳が後ろを向いてぺたりと伏せていたようだ。

「まあ、神秘的な存在というか……自分たちとは違う美しいもの、くらいの捉え方でいいんじゃないか。俺も当時の人たちの感覚まではわからない」

美しいもの、と言われて反射的に和音は志紀の顔を見つめた。

和音にとっては志紀のほうがよほど美しいもののように見える。こんな時でも落ち着いているし、物知りで、いつも和音を安心させてくれる。

「犬養家は、ずっと神尾家と一緒にあっただろう？　俺たちは、その名の通り犬の獣人である神尾家の現人神をサポートする、神官のような役割を代々担ってきたんだ」

「えっ……そ、そうなの」

ただずっと隣同士に住んでいるというだけではなく、ずっと結ばれてきた繫がりがあるのかと思うと和音は反射的に嬉しくなった。思わず背後の尻尾が振れる。

そういうことなら、和音と志紀は生まれながらに、生きている限りはずっとそういう役割で結ばれているということだ。

志紀の言っていたとおりどうせ今時神様も何もないだろう。昔から続いている形式だけのしきたりみたいなものでも、ただの幼馴染というよりは嬉しい。

「と、いうわけで」

さっきまで暗澹たる気持ちだったことをすっかり忘れて尻尾を振った和音を一瞥すると、志紀はまた短く息をついた。

首輪の正面についている銀のリングにカチッと何か嵌った音がした。

和音が視線を下げると、首輪自体を見ることはできなかったけれど——そこから繋がった、リードを見ることはできた。

「っ！　し、志紀……っ」

今の今まで、首輪を着けられていたこともちょっと忘れていた。

首輪だけでもどうかと思うのに、犬を散歩するかのようなリードまで繋ぐなんて。

「言っただろ？　犬養家の人間は神尾家の獣人を支えるお役目があるんだ。つまり、お前が立派な現人神になれるように躾けるのは、俺の役目だ」

「だ、だから躾って何——」

口答えしようとすると、志紀が手の中に握ったリードをクンと小さく引いた。

思わず喉を詰まらせて、正面の志紀を見上げる。

部屋の明かりを背にした志紀はぞっとするくらい美しくて、その影に閉じ込められた和音は逃れられないような気分にさせられた。

志紀から逃げようなんて、思ってみたこともないけれど。

「お前は獣人として発現しないだろうって言われてたんだ」

「え？」

一瞬視線を伏せた志紀の表情が曇ったような気がして、和音は言われたことよりもその翳りが気になって身を乗り出した。

だけどすぐに志紀はいつも通りに戻って、リードの先を揺らしながら和音を見下ろした。

「人間だって動物だ。人間として産まれ落ちた獣人が性熟すると、獣人としての証——耳や尻尾が発現すると言われている。だけどお前はそれが遅すぎた」

呆れたように首を傾げた志紀の視線に気圧されて、和音はわけがわからないながらもなんだか叱られているような気分で耳を伏せた。きゅう、と鼻まで鳴りそうな気がしてくる。

「しかも何だ、その垂れた耳は」

「ええっ？　こ、これじゃダメなの？」

和音が反射的に頭上の耳を隠そうと手を擡げると、その前に志紀の手が伸びてきた。

「……っ、」

びくん、と肩が大袈裟に震えてしまう。

志紀の指先は優しくて、耳を乱暴に扱うなんてことは考えられないけれど。そもそも人間の耳にだって、普通触られたりしない。

「おやじ様の耳はもっと大きくて、それこそ狼のようにピンと立っているそうだよ。俺は見たことないけどな」

　緊張して顔を伏せた和音の頭の上で、志紀が優しく指の腹を使って柔らかな耳を撫でてくれている。焦げたような色の毛を逆撫でないようにそっと撫で付ける指先が、擽ったいような気持ち良いような――なんだか、背筋がゾクゾクとしてくる。

「僕がかっこいい犬になれなかったのも、そもそも自分のことなのに何も知らされなかったのも、……僕が鈍くさいからなのかなあ」

　もっと志紀のように聡明で運動神経も良くて、凜としてそもそもの容姿がよければ、もっと早く自分の役割というのを果たせていたのかもしれない。

　父親は和音に素質がないと思っているから自分たちの血にまつわることを話してくれなかったのだろう。

　晴れて発現したよといっても、志紀が呆れるようなこんな垂れた耳では父親をがっかりさせてしまうだけなのだろうか。

「だから、俺が躾けてやると言ってるんだ。立派な犬にな？」

　志紀が耳を撫でるのをやめてしまうと寂しくなって、和音はその指先を追うように顔を上げた。縋るように志紀を仰いでから、これじゃまるで躾けるという志紀の言葉に応じたようだと思って慌てて首を振る。

「で、でも志紀……っ、やっぱりこれ、恥ずかしい……よ」

勢いよく首を振るとリードの繋がった金具がカチカチと鳴って、和音は首輪に手をかけた。

犬には首輪——そういうことなのかもしれないけれど、自分にまだ獣人の自覚がないせいなのか、あるいは和音が不純だからなのか、なんだか妙にドキドキしてしまう。

なんだか、イケナイことをしているみたいに。

「勝手に首輪を外すなよ？　——お前は俺の、犬なんだから」

和音を見下ろした志紀の双眸(そうぼう)が細められて、支配的に微笑んでいるように見えた。

思わず言葉を失った和音は首輪からそっと手を下ろすと、逡巡(しゅんじゅん)してからしゃがみこんだ足の間に伏せた。

「よし、おりこうだ」

まるで犬のおすわりのような格好になった和音を、志紀はふっと笑って髪を撫でてくれた。

いつものように髪をくしゃくしゃと掻き混ぜられるようで、だけどたまに耳の付け根を指先で掻くように刺激されるとなんとも言えない気持ちよさがある。

志紀が躾けてくれるというなら、確かに立派な犬になれるのかもしれない。今までだってテスト前になると志紀に勉強を教わっていたけれど、志紀は教えるのも上手だった。

「志紀、首輪ってずっと着けてるの？」

「まさか。……まあお前が脱走するような犬ならそれも必要かもしれないけどな」

脱走だなんて、するはずがない。

志紀の言葉に目を瞬かせた和音はゆるゆると首を振った。首輪の下の皮膚が擦れて、少しヒリヒリしてきた。

いつも首輪を着けるというわけではないなら、これは「躾」の最中だけ着けられるということなのだろうか。

あるいは和音が犬という自覚を持つために必要なことだったりするのかもしれない。

和音が思い切って顔を仰がせると、志紀が一瞬驚いたように撫でる手を止めた。

「あ、あの……志紀、躾って、何をするの？」

まさか首輪で繋がれて四つん這いで散歩とかするのだろうか。それはさすがにぞっとしない。

和音が不安に瞳を揺らすと、志紀は思案げに首を傾けた。ちょっとわざとらしい、意地悪な仕種だ。

今の今まで獣人の話も知らなかったくらいなのだから、躾がどんなものなのかもわからない。和音がイメージするのは少年漫画に出てくるような修行の類だけど――神様のように敬われるというくらいなのだから、何かそういう儀式的なものもあるのかもしれない――正直今の段階では、あまりにも自信がない。

「うん、そうだな……」

志紀の言葉が曖昧に濁るほど不安は増して、和音は志紀の制服の裾を摑んだ。注意されるかもしれないと思ったけれど、何も言われなかった。

「志紀、あの僕……い、痛かったりするのは、やだな……」

和音に制服を引っ張られて視線を戻した志紀の顔を縋るように見つめる。

志紀がわずかに目を瞠って静止したのがわかった。

甘えたことを言うなと思われたのかもしれない。ちょっとくらい痛いことなら、志紀がすることならば我慢できるかもしれないけれどと慌てて付け足そうとした時、急に志紀に頭を抱き寄せられた。

「っ、志紀？」

「お前なぁ……」

頭上で、盛大に呆れたような志紀の声が絞り出される。

腕の中に抱え込まれた頭を乱暴に撫でられるとくすぐったくて、和音は思わず身動いだ。

「あはは、志紀、ちょっとそこくすぐったいよ」

志紀の胸に手をついてやんわりと離れようとしても、頭を抱いた腕が緩められる様子はない。それどころか反対にうるさいと言われて更に力が強まったようだ。

まるで本当に大きな犬でも撫でるように乱暴に腕の中に引き寄せられて、和音は思わず志紀の膝の間に倒れこむように体勢を崩してしまった。

慌てて身を捩り、手をつこうとして――志紀の足の付根に触れてしまった。

「っ！」

瞬間どっと心臓が跳ねて、手を引っ込める。

さっきまで胸に手をついていたのにそれもなんだか触れ難いような気がしてきて、和音は混乱した。

こんなに体が密着していては、和音の心音が激しく打っていることが志紀にバレてしまうかもしれない。手をつく場所もなくて体重を預けるしかない体勢もキツイし、和音はふるふると頭を振って志紀から逃れようとした。

「なんだ、撫でられるのは嫌なのか?」

ううぅと情けない声を上げた和音に気付いた志紀が頭上の手を止める。

ほっとしたような、少し寂しいような気分だ――と思ったのも束の間、志紀は和音の体を支え直すように腕を回してきた。

「っ、あの……嫌じゃ、ないけど……!」

畳に腰を下ろして両足を広げた志紀の脚の間に収まってしまう自分のコンパクトさにも居た堪れないけど、それ以上に志紀との距離の近さに緊張してしまう。

撫でられるのが止まってようやく顔を上げられるようになったとはいえ、たぶん今顔を上げたら鼻先がぶつかりそうな距離だ。

「嫌じゃないんだな」

腰に腕を回されたまま上体を少しでも反らして距離を取ろうとする和音の耳元に、志紀が唇を寄せてくる。

いつの間にか声変わりをして低い男性のものになった志紀の甘い声が耳をくすぐると、和音はびくんと肩を震わせて顔を逸らした。

「う、……うん」

今まで志紀に頭を撫でられたことがなかったわけじゃないけれど、一度だって嫌だと思ったことはない。

それに犬耳が生えてから撫でられるのは、それ以前までの時と何か、違う感じがした。

体の奥が疼くような、じっとしていられないような気持ちになる。さっきから尻尾もひとりでに振れているし、志紀にだって和音が嫌がっていることはわかっているはずだ。

「じゃあ逃げるなよ」

顔を背けた和音がこれ以上逃げるのを拒むように、志紀が一方の手を和音の顎の先に添えた。

「……っ」

思わず、息を呑む。

なんだか肌の表面が過敏になっているようで、志紀の乾いた指先が表面に触れるだけで自分の体が自分のものでなくなったように震えてしまう。

自分でもどうしてしまったのかわからなくて、和音は気恥ずかしさに目をぎゅっと強く瞑った。

「ほら、和音」

手を添えた顎の下を指先で擦るように撫でて、志紀が甘く囁く。

和音は体の内側から湧き上がる震えを抑えこもうとして唇を噛み締めた。知らず、行き場を失っていた手を志紀の制服の裾に伸ばして握りしめる。

「どうしたんだ？　緊張してるな」

志紀がそんな声出すからだ、と言い返してやりたいのに唇を開くことができなくて、黙って和音は首を竦めた。

その和音の首筋を、顎下を撫でていた指先がつっと辿って降りていく。

「ん、っぅ……」

ぶるっと大きく体が震えたかと思うと、変な声が漏れてしまった。

慌てて口元を手で覆いながら、唇を噛み直す。鼓動がどんどん早くなって、体も熱い。

体を密着させている恥ずかしさもあいまってじっとりと汗ばんだ和音の首筋をもう一度撫で上げた志紀の手が、またゆっくり撫で下ろしていく。

頭上で犬耳がぴくぴくんっと揺れたのが自分でもわかった。

撫でられた肌は粟立って、背筋がゾクゾクとするほど気持ちいい。だけど、頭ももっと撫でてほしい。頭だけじゃない。もっと、もっとたくさん、いろんな所を撫でてほしい。

制服のシャツから覗いた首筋だけを撫でる志紀の指先に焦れったさを覚えて、和音は押さえた手の下から熱い息を弾ませて身動いだ。

じっとしていられない。つい昨日までは自分に生えるなんてことを想像してみたこともなかった尻尾も緊張してくねくねと左右に揺れている。

「息が荒くなってきたな。まるで本当に犬みたいだ」

和音はこんなにせつないような気持ちに襲われているのに、撫でている志紀は涼しい顔で冗談でも言っているかのようだ。

和音は犬ではないけれど、耳と尻尾が生えてきたことで少し犬の気持ちがわかるような気がする。どうしてもっと撫でて欲しいのに撫でてくれないんだと苛立って飼い主を噛んでしまうような、犬の気持ちだ。

もっとも和音は志紀の手を噛んだりはしないけれど。

そうしなくたって、言葉が話せるんだから。

「志紀……っ」

口内に湧き出てくるよだれをごくんと嚥下してから、和音は濡れた視線で志紀を仰いだ。

頭を撫でて欲しいけれど、顎の下だってもっと掻き毟るように強く撫でてもらいたい。

顎を突き出すようにして志紀の顔を見上げると互いの上体がぴたりと隙間なく重なってしまうけれど、もう鼓動を気にしていることもできない。むしろこのまま志紀に体を擦り付けたいような衝動に駆られる。

「もっと……っ、もっと、撫でて……」

体の熱を逃がすように息を吐き出すと、弛緩した唇から舌が溢れる。

志紀がそれを見下ろして、双眸を細めた。

「――……どこを撫でて欲しいんだ？」

喉を鳴らした志紀が絞り出したような声で言うと、首筋を乱暴に擦った掌が耳の裏側までのぼってきた。

急に強く撫でられたせいで和音の背筋が跳ねて、思わず声が漏れてしまう。

「ぁ、っ……ん、っんん……っ！　頭、……っ頭も、あと、首も……っ」

耳の付け根を掻くように撫でながら顎の下を撫でられると、和音の体は大きく震えた。

恍惚感というのはこういうことをいうのかもしれない。頭がぼうっとして、体に与えられる心地よい刺激に蕩けそうになる。

唇は弛緩して、溢れ出てくる声を堪えることもできない。

飼い主に撫でられてお腹を出して寝転ぶ犬というのはこんな気持ちなんだろうか。和音が自分の姿をそう連想しかけた時、――頭を撫でていた志紀の手が、胸まで滑り降りてきた。

「もっと下も撫でてやろうか？」

いつも志紀は、和音の心を読んでいるみたいに察してくれる。

しどけなく開いた唇からよだれを零さないように喉を鳴らした和音は小さく肯いて、志紀の首筋に鼻先をすり寄せた。

過敏になった嗅覚に、志紀のにおいを感じる。

「志紀、撫でて……もっと下の方も、撫でて」

志紀の掌が制服のボタンをひとつひとつなぞりながら降りていく。胸を反らしてお腹を見せたいような気持ちと、だけど志紀の肩口に顔を伏せたままにおいを嗅(か)いでいたい気持ちがせめぎあう。

スラックスの上まで辿り着くと、志紀が和音のベルトを解いて中からシャツを引き出した。

お腹を直接撫でてくれるということだろうか。

首筋を撫でられた時のゾクゾクとした感覚を思い出して、和音の肌がひとりでに粟立っていく。

「志紀……」

熱い息を弾ませながら甘えたように擦り寄ると、和音の髪に頬を寄せた志紀の唇が耳朶(じだ)に触れたような気がした。

一瞬息を詰めて、体を緊張させる。

その時、開いたスラックスの前から、志紀の手が滑り込んできた。

「ぁ、――……っ志紀、っ!?　ちが、そこ……っ」

思わずぎょっとして、しなだれかかっていた体を起こす。志紀から身を離そうとすると、乱暴に腰を抱き寄せられた。

「何が違うんだ、下を撫でて欲しいって言ったのはお前だろ？」

「ちが……っ、僕は、お腹……っん、っぁ」

志紀がきゅうっと握りこんだのは、お腹よりも下の、和音自身だった。

たくさん撫でられて蕩けていた体がにわかに強張って、反射的に逃げを打つ。

そんなところ犬のだって触ったりしない。それくらい和音だってわかる。

畳の上で腰を滑らせ、いやいやと志紀から逃れようとするのに下着の上から和音を撫で上げる手がその力を奪っていく。

「ゃ、だめ……っ志紀、そんなとこ、っ汚い……から……っ！」

さっきまで幸せで満ち足りた気持ちだったのに、今はなんだか涙が滲んでくる。

恥ずかしさで全身が燃えそうになって、志紀の肩についた腕を精一杯伸ばしても腰を抱き寄せられていて離れられない。

そうしているうちにも和音のものは志紀の手の中でむくむくと大きくなってきて、和音は自分の顔を手で覆い隠した。

「ゃだ……っ！　恥ず、かし……っ志紀、そんなとこ、さわんない……っで、やだぁ……っ！」

畳の上の膝を立て、足をばたつかせる。しゃくりあげるような声を上げた和音の顔を隠す手を摑んで、志紀が顔を寄せた。

「和音」

志紀が意地悪なことなんてするはずがない。

今までだってずっと、和音が嫌だなと感じることをされても志紀が守ってくれていたんだから。

そんなところを触られて嫌だなんて感じるのは、志紀が悪いんじゃない。志紀が撫でてくれているだけなのにいやらしく反応してしまった和音を知られたくないだけだ。

「志紀、やだ……っや、さわんない、で、っそこはやだ……っ」

「和音、じっとしてろ」

少し掠れた声を上げた志紀が、暴れる和音を押さえるように強引に頭を引き寄せる。

志紀の胸にしたたか顔をぶつけた和音は大きくしゃくりあげて、抵抗する声をくぐもらせた。

「……性熟すると獣人として発現するんだって、さっき説明したばっかりだろう」

呆れたような志紀の声はいつも通りだ。下肢に添えられた手もじっとしている。だけどその下で和音のものがぴくぴくと脈動してしまって、抑えられない。和音はきつく唇を噛んで、身を竦めた。

「お前の体がこういう反応をするようになったから、獣人として目覚めることができたんだ。恥ずかしいことでもなんでもない」

「……っでも、きたな――」

「汚くなんかない。お前が汚いと思ってたとしても、俺は別にそう思わない。お前の体で汚いところなんかどこにもない」

志紀の声はいつもと変わらない、低くて優しいものだ。

小さい頃から寝る時も起きる時も志紀の声を聞いているのが好きだったから。父親よりも安心できるし、信頼もしている。

志紀をよく知らない人はたまに志紀のことを怖いという人もいるけれど、それは見た目が整いすぎているせいと、強い断定口調が苦手なんだろう。和音は怖いとは思わない。それどころか嬉しいとさえ感じてしまう。

伏せていた視線をおそるおそる上げて志紀を仰ぐと、吐息が籠るほど近くに志紀の顔があった。

浅く弾む呼吸を悟られたくなくて和音が何度も唇を結び直していると、頭を宥めるように撫でられる。

「触られるのは嫌か？」

切れ長の目を伏せて、意外なくらい長い睫毛の影を頬の上に落とした志紀が囁くように尋ねると和音は考えるよりも先に首を振っていた。

「ううん、……嫌じゃない。……恥ずかしい、けど」

表情を見られているのがやっぱり恥ずかしくなって志紀の制服に顔を埋める。

頭上で志紀が小さく笑った。

「平気だろ、相手は俺だぞ？」

一緒に風呂だって入ってただろと志紀は言うけれど、和音は何も答えられずに押し黙った。

相手が志紀だから恥ずかしいんだけど、なんて言えない。

こんなところに触れられているのが志紀じゃなければ、反応したりしなかった。そんな気がする。

性熟することが獣人としての発現を促した、というなら——和音の耳が生えてきたきっかけは間違いなく、志紀だ。

あの時、和音の頭の中には志紀のことしかなかった。

志紀が橘という女の子と交際するのかどうか、あるいは彼女と交際しなくても他の誰かと恋人同士になるのか、そうなれば手をつなぎ、キスをしたり——もっといろんな所に触れて獣のように求め合ったりするのか、そんなことを考えていた。

だから、今現実に志紀の手が和音の性器に触れているのが信じ難い。

とても志紀の手に包まれた自身を見下ろす気にはなれなかったけれど、志紀のぬくもりは感じる。

その手に少し触れられただけだというのに湿り気を帯びた自分自身も、そのはしたない体液が志紀の手を濡らしてしまっているのじゃないかということも気が気じゃなかった。

でも、嫌なわけじゃない。

「……っぁ、ぅ……ん」

ゆっくりと、志紀の手が下着の上で揺らめき始める。

和音は志紀にぎゅっとしがみついて、体を預けた。

下着の中の形を確かめるように志紀の指先が滑ると、その都度自分自身の形が変化していくのがわかる。自分でもあまりそんなところ触ったことがないのに、志紀にその変化を知られるのはどうしてもやっぱり、恥ずかしい。

顔が火を噴きそうなほど熱くなるのを感じながら和音が身震いすると、また志紀が優しく髪を撫でてくれた。

「っふ……っぅ、志紀……っし、き」

指先で触れられていたものに掌を押し当てて撫でられるとたんに下着を窮屈に感じて、和音は思わず腰を揺らした。

なんだか甘ったるい声が漏れてしまう唇で名前を呼ぶと、和音の髪に鼻先を埋めていた志紀がふと我に返ったように顔を上げた。

「うん？」

「志紀は、他の人……女の人と、こういうことしたこと、あるの？」

下肢の手が上下するたびに熱い息を弾ませながら、恍惚とした和音が尋ねると志紀が目を瞬かせた。

「え？」

「！」

聞き返されて初めて、和音ははっとして口を噤んだ。

和音が一人で勝手にしていた妄想を口に出してしまった。慌てて首をふるふると振って、志紀から上体を遠ざけようとする。結局また抱き寄せられてしまったけれど。

志紀が他の誰かとこんなことをしていたとしても――あるいはこれからするのだとしても、それは和音にするのとは違う。

和音のこんなところを――いくら汚くないと思ってくれていたとしても――触るのは、それこそ躾の一環で、修行のようなものなんだろう。

和音の性熟が遅いからとか、そういう理由で。

「ご、ごめ……っ今のナシ――」

「ないよ」

なんでもないことのように短く答えて、志紀が手の動きを再開させる。

そこを撫でられていては、志紀の言葉に集中できなくなってしまうのに。

「えっ、あの……志紀」

下着の中でそそり立ったものを志紀の手が何度も撫で下ろすうち、濡れた先端が顔を覗かせそうになって和音は慌てて下着を押さえようとした。だけど志紀の手に阻まれてしまう。

「ぁ、っ……ちょ、待っ……っ志紀」

「言っただろ？　俺はお前の世話係なんだから、他の人とこんなことしない」

志紀は当然だとでもいうかのように冷静だけれど、和音はそれどころじゃない。

下着がずり下がってきてしまいそうなのに志紀がますます性急に手を上下させるものだから、先端が零れ出て掌に触れてしまっている。

「んっ、ぁ、志紀……っぁ、あっゃ、だめ……っ待って、あの、手……っ手が、」

志紀の手が直接触れると、さっきまでよりも過敏に体が震えて力が抜けていく。

何度も志紀の腕に縋ろうとして制服を握るのに、とても動きを止めるどころじゃない。志紀の手が動くたびに鼻にかかった声が漏れて頭の中がチカチカと白く点滅するようだ。

「先がとろとろになってきたな」

和音の頭を強く抱き寄せた志紀がまた鼻先を埋めて、吐息の籠った低い声で囁いた。

「え……っ？　なに？　わかん、な……っぁ、も……っだめだめ、っ志紀、なんか変、っぁ、あ……僕、なんか——……っ」

志紀の手が完全に下着の中に入って、和音のものを根本から掻き上げるように撫でる。その手が、さっきまでは確かに乾いていたはずなのにくちゅくちゅと糸を引くような音をたてた。

「大丈夫、緊張するな。俺に任せておけ」

耳朶に寄せられた志紀の声がひどく優しく、甘く聞こえる。和音が顔を上げて喘ぐように息を継ぎながら志紀の言葉に小さく肯くと、それを褒めるかのように志紀が和音の耳を食んだ。

「——……っ！　ぁ、し……っき、ぃ……っ志紀、っんぁあ、っあ、僕、だめ……っなんか、出ちゃ……っ！」

体が、自分でコントロールできないくらい激しく跳ねて腰が揺れる。

下肢から頭の先まで電流のような痺れが駆け巡って、和音はたまらずに大きく仰け反った。その背中を強く抱きしめてくれる志紀の腕の強さにしゃくり上げながら、和音は目の前の制服に力いっぱいしがみついた。

志紀に触れられた下肢が熱くて、弾けてなくなってしまうんじゃないかと思うくらい大きくなっていくように感じる。

怖いけれど、怖くない。志紀がいるから。

「ぁ、あ——……っぁ、志紀、志紀、っ僕……っ出ちゃう、っ出ちゃ、……っ！」

ガクガクと小刻みに全身を震わせた和音に、志紀が何か低く囁いた。

それをはっきりとは聞き取れないまま和音の目の前が真っ白に弾けて——気が付くと、意識を手放していた。

翌朝、和音が泥のような眠りから目を覚ますと頭上の犬耳は消えていた。

両手で何度も確認して、顔の横についている見慣れた肌色の耳をしつこく触った。鏡も覗き込んでみたけれど跡形もない。

お風呂場で裸になって尻尾の生えていたあたりを確認したけれど、そこには今まで通り尾てい骨が飛び出ているだけだ。

「——……夢？」

熱めのシャワーを浴びながら和音は呆然とつぶやいた。

まさか人間に犬みたいな耳と尻尾が生えるなんてありえないし、獣人の家系だとか神様みたいに敬われていたとか、確かに荒唐無稽だ。

学校を早退したのは本当なのか、志紀が女子に呼び出されたのは現実か、いったいどこから夢だったのかいくら考えようとしてもはっきりとしなくて、和音は一人頭を抱えた。

犬耳が生えた男子高生なんてことにならなくて良かったけれど、自分がこんな現実と夢の境目がわからない状態に陥ってしまうというのも問題な気がする。

疲れてでもいたんだろうか。

このところ夜毎頭のむず痒さが強くなって寝つきは悪かったような気がする。

そういえば今朝は頭に不快感はない。久々にぐっすりと眠ったような気もする。

「寝不足だったのかな……、って、わあ！」

お風呂を上がって居間の時計を仰ぐと、登校時間まで間がない。まだ髪も乾いていないのに志紀との待ち合わせ時間だ。

和音は慌ただしく制服に着替えて、朝食もとらずに家を飛び出した。

「志紀、ごめん！」

隣同士だから、登校前に待ち合わせるのはいつも家の前。幼稚園に上がった時からずっと変わらない。

玄関でスニーカーをつっかけながら慌てて引き戸を開くと、志紀が振り返った。

「っ、」

それこそ幼稚園に上がる前から毎日、自分の顔以上に見慣れているはずの志紀の端整な顔がこちらを向いた瞬間、和音の心臓がどっと跳ねた。

昨日だって見たはずの顔なのに、なんだか今日は違って見える。

自分と違っていつもかっこよくて、女子がきゃあきゃあと黄色い声をあげるのもわかる——とは思っていたけど。今日はいつも以上にキラキラして見えるし、なんだか、心臓が鷲摑みされたみたいに苦しい。

ドキドキして、体が熱くなってくる。

「さっきまで風呂の音が聞こえてたから今日は遅いかと——……って、お前」

「！」

志紀が目を瞠る。その瞬間、何が起こったのかは志紀に聞くまでもなくわかった。

まだ濡れたままの髪が揺れて、その下から勢いよく犬の耳が生えてきた。制服の中で、尻尾も。

「――……、おはよう」

しばらく目を丸くしていた志紀が、やがてくしゃっと破顔した。

反射的に両手で耳を隠した和音は、玄関先で呆然と立ち尽くすことしかできなかったけれど。

あれは夢なんかじゃなかったんだ。

自分は獣人というやつで、犬耳と尻尾が生えてしまう血筋なんだということ。――それから、昨日志紀に躾けられたことも。

思い返すと恥ずかしさで体がますます熱くなって、シャワーを浴びたばかりなのに汗が滲んでくる。

赤くなってぷるぷると震えながら立ち尽くした和音に、志紀が思わずといったように噴き出して顔を背ける。

「わ、わ……笑わないでよ」

まるで、昨日志紀の手の中であっけなく果ててしまったことを笑われているような気分になって恥ずかしさで死にたくなってくる。

ともすればその場で蹲ってしまいそうな和音に、志紀はひらりと手を振って笑っていた顔をこちらに向けた。

まだ目は笑っているし肩も震えているのに、その視線が和音を振り向くだけでどうしようもなく胸が詰まる。

昨日あんなことをしたせいだろうか。

和音が唇をきゅっと噛んで知らず高鳴る自分の胸を押さえていると、志紀が手に持っていた紙袋を掲げて見せた。

「え、……何？」

まさかまた、首輪だろうか。

ぎくりと肩を強張らせて首を隠す。そういえば今朝は首輪も外されていたけど、あれは志紀が外して持って行ったのだろう。

だけど耳がまた発現した今、首輪を着けないとなと言われてもおかしくはない。

「馬鹿、帽子だよ。耳。隠さないと学校行けないだろ」

にわかに緊張して後退り(あとずさ)かけた和音にため息をついた志紀が紙袋の中からニット帽を取り出す。

「あ、……ありがとう。……ごめん」

「それから、尻尾は俺のカーディガンでも腰に巻いとけ。……あんまり尻尾振るんじゃないぞ」

「！」

制服の中で窮屈そうに蠢く自分の尻尾を押さえて、和音は身を竦めた。

だって、勝手に動いてしまうんだから仕方ない。

志紀はやっぱり優しい。和音自身が用意しなければいけないはずの――すっかり夢だと思い込もうとしていたせいもあるけれど――帽子をわざわざ持ってきてくれたり、尻尾のことも気にかけてくれるなんて。

そうといえば犬養家の役目だなどと言うかもしれないけれど、そういう恩着せがましくないところも志紀のかっこいいところだと思うと、尻尾が振れてしまって、仕方がない。

「ほら」

志紀に手招かれるまま歩み寄ると、両手で広げたニット帽を頭にかぶせて和音の犬耳を隠してくれる。

その伏せられた視線の優しさとか、耳が窮屈じゃないか丁寧に確認してくれる指先とか。

和音は昨夜も感じた胸の息苦しさを覚えて、制服の中の尻尾がピンと立ち上がるのを感じた。

「……聞こえなかったのか？　しっぽをあんまり振るなって。悪意はなくても、誰かにバレたら面倒事に巻き込まれるんだからな」

「っご、ごめん……」

緊張した尻尾が、眉を顰めた志紀の言葉でしおしおと萎れていく。その不自然に盛り上がったスラックスを隠すように志紀が自分のカーディガンを和音の腰に巻いてくれた。

「あっ、カーディガンは自分の巻くから大丈夫」

「自分のは着てろよ。お前はすぐ風邪引くんだから」

慌ててショートコートを脱ごうとする手を止められて、和音は志紀の顔を見上げた。

――昨日、和音の下肢を撫で上げた指先。そう意識すると、互いの間に籠った吐息の熱さや絶え間なくこみ上げてくるわななきを思い出してしまう。

和音が漏らしたはしたない体液が糸を引いて絡みついていた志紀の手が、和音の手をゆるりと引いた。

「ほら、行くぞ。遅刻する」

まるでリードを引く代わりだとでもいうように和音の手を引いたまま、志紀が踵を返して歩き出す。

和音はうるさいくらいに鳴り響く心臓の音を抑えながら、繋いだ手をそっと握り返した。


「あれ？　神尾、なんでカーディガン二枚使い？」

二限の世界史が終わった時点で机の隣を通り過ぎたクラスメイトに気付かれて、和音はびくっと肩を震わせた。

「マジだ。つーか帽子もかぶってるし。今日そんな寒い？」

「つかそのだっさい学校指定カーディガン誰の？　まさか二枚持ってんの？」

一人が気付くと和音の服装を窺った隣近所の席から男女問わず声が飛んで来る。

「えっ、あの……なんかちょっと昨日から、風邪気味で」

頬を引き攣らせながら首を竦める。昔から嘘は苦手な方だ。

だけど昨日早退していたことが功を奏してなんとなくみんな納得してくれたようだ。

咳き込んでもいなければ鼻も詰まってないし、喉もちっとも痛くないのに心配されるのは心苦しい。

今日体育がなくて助かったけれど、今後もう一生こんな感じで隠していかなければいけないのだろうか。実はさっきから制服の中に押し込められた尻尾が窮屈で仕方がない。

でも父親は耳や尻尾が生えているのを見たことがないし、立派な獣人に成長すれば耳の抑え方もマスターできるのだろうか。

「それって犬養くんの帽子じゃない？」

「！」

後ろの方の席の女子が目を凝らして近付いてくる。和音は慌てて両手でニット帽の端を摑むと、ぎこちなく肯いた。

「やっぱりー！」

「出た、犬養ストーカー」

教室の後ろで固まっていた、妙にスカート丈の短い女子のグループが甲高い声を上げて盛り上がっている。

どうやら志紀のことを気に入っている女子が、このニット帽をチェックしていたということらしい。

一人だけじゃなく二人三人と和音の席にやってきては、今度はカーディガンのチェックも始めた。

「神尾ってマジ犬養くんと仲いいよね。ねえねえ犬養くんってマジで彼女いないの？」

「このカーデも犬養くんの？」

「うわ、もう明日から私も学校指定着るわ」

「つーか普段カーデ着てないよね？　犬養くんなら何着ても似合うけど」

「ただしイケメンに限る的な？」

　まるで音の洪水だ。

　あっという間にバッチリと化粧を決めた女子に囲まれて、和音は苦笑を浮かべた。

　志紀と仲良くしていれば、こんなこともいつものことだ。

　小学生の時はクラスで一番可愛いと言われていた女子が和音と一緒に遊びたいというからなんでだろうとドキドキしたけれど、結局は志紀と仲良くなりたいがためだということがすぐにわかって落胆したものだ。

　和音はむしろ、女子と一緒に志紀のかっこよさについてなら語り合える気がする。

　志紀があんまりいい顔をしないのと、女子の話のテンポの速さについていけないことだけが問題だ。

「ほんっと犬養くんて神尾に優しいよねー」

「過保護？　保護者？　みたいな」

「あ、それはただ僕が単純に鈍くさいから――……」

　和音が思い切って女子の顔を仰ぎ口を挟むと、長い睫毛で縁取られた大きな目を瞬かせたクラスメイトの女子が一瞬口を噤んだ。一斉に。

「……いや別に、神尾は普通じゃない？」

一瞬の間の後、口を開いた明るい髪色の女子が視線を逸らして頭を掻く。長い髪からコロンの香りが漂ってきた。

「そうそう、犬養くんがすごすぎるだけだって」

志紀がすごいことについては和音も同感だ。

和音の机に顎を乗せるようにしてしゃがみこんだ女子に何度も肯いて和音がまた口を開こうとした、その時――

「和音」

教室の入口から志紀の声がして、和音は振り返った。

和音より一拍遅く志紀に気付いた女子たちが一斉に扉を振り返って、声にならない声を囁き合う。

隣のクラスから訪ねてきてくれた志紀が、呆れたように目を眇めて手招いた。

「どうしたの、志紀」

椅子を立って、背後に女子の羨望（せんぼう）の眼差（まなざ）しを感じながら教室を出る。

すぐに志紀に肩を摑まれて廊下の奥まで連れて行かれ、ニット帽を目深に引き下げられる。

「っ、……ちょっと、何？」

「いや、別に。無事かどうか様子を見に来た」

帽子のせいで視界が妨げられた和音は唇を尖らせたが、どちらかというと志紀の声のほうが不服そうに聞こえた。

心配して様子を見に来たのに和音が楽しそうに過ごしていたからだろうか。

和音は帽子の前を引き上げると、その下から志紀の顔を窺い見た。

「大丈夫だよ。ちょっと尻尾は窮屈だけど……」

まだちょっと不機嫌そうな志紀に答えると、和音の腰に巻いたカーディガンの袖も慎重に結び直された。

それも、犬養家が神尾家の人間を世話するという役割のためなんだろうか。

あるいは、今まで志紀が和音の面倒を見てくれていたのもそれだったのかもしれない。そう思うと少し寂しい気もするけれど、クラスの女子に比べたら和音はラッキーなんだろう。

「帰ったら制服の尻のところに穴あけるか」

「そこから尻尾出すの？」

そうすれば、確かに窮屈さはなくなるのかもしれない。だけどその分カーディガンの下から尻尾が見えてしまわないか気になる。

和音が背後に手を回して尻尾の付け根を探っていると、志紀も穴を開ける場所を確認するように腕を伸ばしてきた。

「っちょ……志紀、」

向かい合った格好で腰に腕を回され、カーディガンの下に手を滑りこまされると体の距離も近いし、はたからどう見えているか知れない。

廊下の奥で人目につかないとはいえ、通りかかる人がいないわけじゃない。

「なんだ？」

「……痴漢ー」

ただ和音の快適さのために気にかけてくれている志紀に気恥ずかしさを覚えてしまった自分を押し隠して、茶化してみたけれど。志紀には短く鼻で笑われてしまった。

「この辺か」

カーディガンの下に忍び入ってきた志紀の手が、緊張した尻尾に触れる。

瞬間、甘い疼きが背筋を駆け上がって和音はビクンッと大きく体を震わせた。

「……っ！」

突然のことに大きく瞠った目が思わず潤んでしまう。

「っ、悪い」

慌ててすぐ志紀は手を引いてくれたけれど、体の芯にじんじんと痺れたような余韻が残っている。

それは昨晩のことを思い起こさせるのには十分すぎて、和音は休み時間が終わるまでしばらく顔を上げられずにいた。

犬の習性、犬の体の特徴。犬が食べてはいけないもの、犬の好物。

昼休み、和音はジャージを履いた足を椅子の下にぶらつかせながらスマホを眺めていた。

犬はチョコレートや玉ねぎを食べてはいけないとあるけれど、和音はオニオンスープを飲んでもなんともない。むしろアレルギーの類はないほうだ。

獣人は獣人であって、犬とは違う――と志紀は呆れていたけれど、今ひとつピンとこない。

「蔵に入ればいくらでも資料はあるぞ。……というか昔から、俺は蔵に誘ってたつもりだったんだけどな」

まだお弁当のにおいが漂う被服室で、志紀は真面目な顔を浮かべて縫い針を握っていた。

もう一方の手には和音の制服がある。

休み時間に尻尾が窮屈だと和音が軽率に言ったせいで――それから制服の上から尻尾を触られて変な反応を返してしまったせいもあるかも知れない――昼休みに志紀がわざわざ被服室の鍵を借りてきてくれた。

尻尾の生えている位置のスラックスの縫い目を一度綺麗に解いて、尻尾を出す穴を作る。そこからほつれないように穴の部分を縫い止めするだけだ――と簡単に言って、結局志紀がやってくれている。

「蔵は無理……できれば近寄りたくもないもん」

和音は情けない声をあげて作業用の長机に突っ伏した。

確かに小さい頃から志紀と遊んだ時に蔵に行ってみないかと持ちかけられたことは何度かある気がする。

和音は絶対嫌だと泣けば志紀は無理強いしないし、志紀一人で行ってみて大丈夫だったよと証明してくれたこともある。

だけど、まさかこんな大事なことのために蔵に誘われてたなんて思わなかった。

和音は重いため息をついて、突っ伏した顔を横に向けた。窓際では志紀が涼しい顔で和音の制服を縫ってくれている。

長い足を組んで、窓から吹き込む風に髪がなびく。癖っ毛の和音とは大違いの、サラサラとした髪が輝いてさえ見える。

志紀の首や肩周りの骨はしっかりしていて、見惚（みほ）れてしまうくらいに精悍（せいかん）な男性という感じだ。それなのに勉強だけじゃなく裁縫だって器用にこなしてしまうんだから、太刀打ちできない。

補強を終えて糸留めをする志紀の手元を眺めながら、和音はまた熱ののぼってきた顔を再び机に伏せた。

「……志紀、昨日はごめんね」

「何が？」

くぐもった声は志紀の耳まで届かないかもしれないと思っていたけれど、昼休みの喧騒（けんそう）が遠い被服室ではしっかり聞こえてしまっていたようだ。

ジャージの履き口から引きずり出して外に垂らした尻尾が、ゆっくり左右に振れる。

「僕、あの……知らないうちに、寝ちゃって」

「ああ、そうだな」

努めてなんでもないことのように返した志紀の唇が小さく笑っているように見えた。

志紀は、和音の性熟が遅い——たぶん、性的なことに疎いから獣人化しなかったんだと言っていた。

動物の常識からすれば子孫を残せるようになってやっと一人前ということなのかもしれない。

和音は自分が他の同級生に比べてそういうことに興味が薄い方だということはなんとなくわかっていた。だから高校生にもなって女子と付き合いたいとも思わずに相変わらず志紀と一緒にいたいと思っている。

和音のこういうところが子供すぎるから志紀は周りから過保護と言われるほど心配性になって、呆れてもいるんだろう。

だけど、いくら疎い和音だってそういうことを知らないわけじゃない。

しようと思ったことがないだけで夢精くらいしたことはあるし、それで驚くこともないくらい知識はある。

昨日、志紀の手で射精してしまったんだということも、——あれが「イク」ってことなんだということもわかっている。

ただ、そういう体験がこんなに恥ずかしいことなんだとは思わなかった。

みんなは初めての時どうしているのか、気になる。

こんなことなら同級生のシモネタ談義にもっと興味を持っておけばよかった。和音はあまりそういうことに関心がなかったからもう今更その仲間にも誘ってもらえない。クラスメイトはたまにいやらしい動画を見ただのなんだのと話しているようだけれど。

初めてイッた時がどうだったのかとか今更聞けないし、それに相手が同性の幼馴染だったなんて、さすがにちょっと変だと思われるだろう。

「和音」

なんだかんだと考えているうちに昨夜の志紀との距離感や熱が詳細に思い出されてしまう。

そういうことに、興味はあまりなかったはずなのに。

昨日、志紀も女子といつかそんなことをするんだろうかと想像し始めてから和音はどうにかなってしまったみたいだ。

想像だけじゃなく、志紀に実際自分の体を触れられたんだから仕方もない。

まして、自分があんなふうに女子みたいな声をあげるなんて――

「おい、和音？」

「っ！」

気が付くと縫い終わったスラックスを持って傍まで来ていた志紀に突然髪を撫でられて、和音は椅子から転げ落ちそうになった。

「おい、危ないな」

咄嗟に志紀の腕が伸びて、力強く腰を抱き寄せられる。

思わず声をあげそうになった。

ただでさえも昨日のことを思い出していた矢先に、そんなに密着しないで欲しい。

「し、……っ志紀」

椅子から落ちてもいいくらいの気持ちで慌てて志紀の胸を押し返そうとするけれど、当然振り解けるはずもない。

和音は口から飛び出てきそうなくらい騒がしくなった心臓を抑えながら、床の上に足を踏ん張って椅子に座り直した。そうすれば志紀が支えてくれる必要もなくなる。

「あ、ありがとう、っもうだいじょう――……」

「躾。……するか？」

乱れた呼吸を悟られないようにしながら間近にある志紀の顔を仰ごうとした時、――耳元で、志紀が低く囁いた。

「え？　ええ……っ？　こ、ここで？　学校だよ!?」

思わず声が裏返って、志紀の胸についた手が震える。

さっきまで見ていた犬の飼育方法についてのサイトには、確かに躾は場所も時間も問わず、必要な時にと書いてあった。犬はその時に教えられないと、何のことについて躾けられているのかわからなくなるからと。

だからって、学校で昨日みたいなことをされたら人に誤解されてしまう。

和音は犬じゃないんだから、あの時の躾だと言われれば覚えていられる。何も今、ここでしなくても。――そう訴えようとして顔を上げると、志紀がからかうような表情で真っ赤になった和音の顔を見下ろしていた。

「……！」

瞬間、はっとした。

志紀は「躾」と言っただけだ。

躾は、あんなエッチなことをするという意味じゃない。むしろあんなことを躾と呼ぶほうがおかしい。

反射的に昨日と同じ行為を連想してしまった自分に恥ずかしさが募っていく。

盛大に誤解した和音の焦った顔も、今その誤解に気付いて何か取り繕おうと開いた唇から何の言い訳も出てこないところも悠然と見下ろした志紀は双眸を細めて笑っている。

「――……っだ、だって……！」

顔を俯かせて、続きの言葉を探す。

「だって、何だ？　俺は躾をするか、と言っただけだけど」

器用に片眉だけ跳ね上げて見せる志紀の表情に和音は思わず見惚れて、言葉をなくした。もっともその前から言い訳の用意もなかったのだけれど。

その隙を狙（ねら）っていたかのように、和音の体を抱きとめた志紀の手がジャージから垂れ下がった尻尾をついと撫でた。

「ひ、っぁ……！」

ぶるっと体が震え上がって、思わず甲高い声が漏れた。慌てて両手で口を押さえる。

志紀は更に強く和音の体を抱き直しては尻尾の根元まで指先を這わせてきて、犬の毛が生えた尻尾と肌色の素肌の境目にまで触れてきた。

「ぃ、……っぁ、や……っだめ、志紀、ぃ……っ」

もじもじと腰を揺らめかせた和音が首を振ると、ニット帽を着けたままの頭に志紀が唇を押し付けてきた。首を振るなということなのか、あるいはその中の耳を探されているような気がして、和音は歯嚙みした。

昨日みたいに志紀の唇で耳を食まれたら、またあられもない声をあげてイってしまうかもしれない。学校でそんなことだめだと思うのに、頭の中はそのことでいっぱいになっていく。

自分で帽子をかなぐり捨てて、昨日みたいに撫でて、嚙んで、触ってとねだってしまいたくなる。

「ぁ、あ……っん、志紀……っ志紀」

尻尾の付け根をまるでしごくように上下に撫でられると、前の方もゆるゆると頭を擡げてきているのがわかった。

触って欲しい。

さっきまでは離れようとしていた志紀の胸に頭をすり寄せながら、熱くなった息を弾ませる。唇は弛緩し、中から舌が零れ出てきそうだ。

「こら、ここは学校だぞ？　雌犬みたいな変な声を出すんじゃないよ」

「……っめ、雌犬、って……！」

意地悪く笑う志紀の言葉に、だけど体は裏腹に熱を増していく。それを承知しているかのように志紀の指先がくすぐるように肌を掠め、尻尾の付け根から和音の背筋にのぼってくる。

「ふ、っ……く、志紀……っいじ、わる」

両手で口を塞ごうとしても、しゃくりあげるたびに情けないくらい震えた熱っぽい声が漏れてしまう。

いやいやと首を揺らしても体は志紀にぴたりと預けたままなのだから、自分でも本当はどうしたいのかわからない。

「意地悪じゃない、躾だよ。世の中の男子はみんなこういうことをいつも我慢してるんだ。性熟の遅かったお前は知らなかっただけでな」

「そう、……なの？」

はっはっと浅い息を弾ませながら仰ぐと、ニット帽に鼻先をすり寄せたまま志紀が和音の顔を見下ろした。もう少し顎を上げたら、口を覆った手を外したら、志紀の肌に唇がついてしまうような気がする。そう思うと更にドキドキしてきて、息が苦しい。

「そうだよ」

和音を優しい眼差しで見下ろした志紀の唇を意識してしまう。

耳じゃなくて、あの唇が自分の唇に触れたらどんな感じがするんだろう。

昨日初めて覚えた甘美な震えが、もっともっと激しくなるような気がして怖いような、でもそうされたいような複雑な気持ちに襲われる。

「……っ志紀、あの、僕……」

「うん？　勃ってきたか？」

志紀から見下ろせば和音のジャージの前が膨らみを帯びていることなんて一目瞭然だろう。それなのにわざわざ聞いてくるところも意地が悪い——いや、それも躾なんだろうか。

和音はごくんと喉を鳴らして唾液を嚥下してから、小さく肯いた。

「う、……ん」

昨日みたいに触ってくれるんだろうか。

ここは学校で、被服室の外には他の生徒達が昼休みを満喫している声が沢山響いているのに。こんなことしていいのかどうか、和音にはわからない。だけどだめだと言われたら切なくて苦しくなってしまう。

「志紀、——……っ」

触ってと口に出しかけた、その時。

「あ、いたいたー！」

突然被服室の扉が開いて、クラスメイトが顔を覗かせた。

「……っ!!」

さすがの志紀もぎくりとしたのが、密着した体でわかった。

だけど飛び退くようなことはしなくて、和音の体に腕を回したままそれでも平然とした表情を浮かべている。

和音はとても、顔を上げる気にはなれなかったけれど。

「あれ、どうしたの？」

入ってきたのは、去年同じクラスだった志紀と和音の共通のクラスメイトだった。

放課後に三人で遊んだこともあるし、気の置けない友人ではあるのだけれど。まさかこのタイミングでやって来るとは思わなかった。

犬耳が発現してから鋭くなった嗅覚が役に立たないくらい、志紀の躾に夢中になってしまっていた。

扉と和音のいる机までは距離もあるし、机も二台挟んでいる。クラスメイトから和音のジャージの膨らみも、背後の尻尾も見えないはずだけれど、気が気じゃない。

「ああ、和音がちょっと調子悪くて。……何か用？」

顔を伏せた和音の腰を抱き寄せながら志紀は涼しい顔だ。その横顔をちらりと窺い見て、和音は胸の中で舌を巻いた。嘘をつくのが下手な自分には到底真似できないポーカーフェイスだ。

「マジ？　またかよ……神尾、大丈夫？」

同じクラスだった間も何度か和音が風邪をこじらせているのを見ている友人が心配そうに声を潜める。こっちの良心が痛んでしまって和音が思わず顔を上げかけると、――背後で和音の尻尾を掴んだ志紀の手に、きゅっと力がこもった。

「ッ……！　だいじょ、……っぶ」

取り繕おうとした声が裏返って、和音は慌てて口を覆った。

志紀、と文句を言う代わりに机の下で足をばたつかせてみせたけれど、志紀は素知らぬ顔をしている。だけど尻尾を弄る手は止まらない。さっきまでと同じように根本を擦ってきて、和音は腰が痙攣しそうになるのを抑えるので必死だ。

「うわ、なんかごめんな？　先生呼んでこようか？　保健室行く？」

「大丈夫、ちょっとじっとしてれば収まるから。……探してたのは俺？　和音の方？」

志紀はいつもの落ち着いた感じで言うけれど、尻尾に触れた手からは和音の調子を良くしてくれる気配は少しも感じられない。

クラスメイトがやってきたことで一度萎えかけたものがまた熱くなってくる。

「ああ、犬養に現国のノート貸してもらおうと思ってたんだけど……別に全然急いでないからまた今度でいいや。ごめんな、神尾調子悪いのに」

和音は声が漏れそうになる唇を噛みながら伏せた顔を左右に振って、心の中で友人に謝った。

友人は本当に心配してくれているというのに、当の和音は密かに椅子の上で腰をもじつかせているなんて。

背後に回された志紀の手に腕を回して制そうとしているのに、少しも志紀は動じない。これも躾なんだろうか。今にもはしたない声を漏らしてしまいそうで、気が気じゃない。

「ああ、じゃあ後でクラスまで届けるよ」

「マジ？　サンキュー。……じゃあ、神尾あんま無理すんなよ」

志紀に掌を合わせて感謝してから、友人は最後まで和音を気遣わしげに見て早々に踵を返した。

扉が閉められて廊下の喧騒が少し遠のくとどっと肩の力が抜ける。

「もう、……っ志紀！」

汗ばんだ体を机に凭れさせた和音が恨みがましい視線を傍らに向けると、志紀はさっきまでの涼しい顔から一変して双眸を細めて笑った。

「よく声を我慢したな、えらいぞ。ご褒美をやろうか。……何がいい？」

意地の悪い笑みとともに低く優しい声で囁かれると、昨日もそうだったように頭の中が真っ白になって意識が蕩けてくる。

一度離れた体がまた擦り寄ってきて――あるいは和音の方から寄っていったのかもしれないけれど――至近距離で顔を覗き込まれると、自然と唇が近付く。

ご褒美。

その唇を犬のようにぺろぺろと舐めてみたいと言ったら、志紀はいいよと言ってくれるだろうか。

夢中になって志紀の唇を舐めながら尻尾をしごかれたら、和音はまた我慢できずにイッてしまうかもしれない。そう想像しただけで、甘美な震えに支配される。

「志紀……っ、あの、僕——」

首を伸ばして、志紀の唇に顔を寄せる。だめって言わないで欲しい、祈るような気持ちで褒美をねだろうと口を開きかけた時——昼休みが終了する、予鈴が鳴り響いた。

「まだ怒ってるのか？」

「別に怒ってない」

電車を降り、夕食の準備が行われているのだろう住宅地を足早に進みながら和音は唇を尖らせていた。

別に怒ってはいない。

ただ、和音が怒っているようだと思っているはずの志紀がさっきから噴き出す寸前のような顔をしているのは面白くない。

それから、和音がどんなに大股で家路を急いでも後ろから悠々とついてくる志紀とスピードが変わらないというのも。

「仕方ないだろ、授業に遅れるわけにいかなかったんだから」

「だから怒ってないってば」

結局、昼休みは予鈴が鳴ったきり志紀がそれまでの躾を止め、制服を着て教室に戻るように促された。

当然のことだ。

まさか授業をサボってまで躾をするだなんて学生の本分に反するし、被服室の鍵だって職員室に返しに行かなくてはならないんだから。

だけど、大きくなった前を隠しながらジャージを脱いで制服に着替えるのは和音にはひどく困難で——あれも躾の内だったのかもしれないけれど。

結局なんだか燻りを抱えたまま午後の授業は今ひとつ集中できなくて、和音の頭は志紀のことで一杯になったままだった。

「和音」

同じような家が建ち並ぶ住宅街を抜けて和音や志紀の家に至る前に、道の舗装が途切れる。ほんの数メートルだけだけれどアスファルトではなく踏み固められた土の道になるところで、志紀が和音の手を摑んだ。

「だから、怒ってないってば」

むっとして手を振り払おうとしても、大して本気でもない和音では志紀の大きな掌は外れなかった。

「馬鹿、危ないだろ。足元ちゃんと確認しろ」

アスファルトが切れて段差のあるこの場所では、和音が小さい頃よく転んだものだ。

中学生くらいからはさすがに転んでいなかったのに、志紀は今でも和音が危ない目に遭うところを全部覚えている。

「……大丈夫だよ。ありがとう」

唇を尖らせながらも、和音は視線を伏せて肩を窄めた。

だけど一度摑んだ手を、志紀はなかなか離そうとしない。繋いだ手が近所の人に見えないようにするためか、体を寄せて指を絡めてくる。

「このままお前んち行ってもいいか？」

体を寄り添わせるようにして隣りに立った志紀が、少し身を屈めて和音の耳に囁きを寄せてくる。

チョコレートみたいに甘い声で。

犬にとってチョコレートは、劇物だっていうのに。

「……躾の続き、してやるから」

慣れない意地を張っていた和音の耳をニット帽の上からくすぐられ、繋いだ手をきゅっと強く握られる。

和音は微かな目眩を覚えて、唇を噛んだ。

「ご、……っご褒美、も……もらって、ない」

「ああ、そうだったっけ。ご褒美もやるよ。何がいいか、決めてあるのか？」

小さい頃から見慣れているはずの志紀の優しい笑顔も、蕩けるように見える。顔を覗き込んだ志紀の顔を仰いだだけで自分の呼吸が熱くなるのを感じながら、和音は小さく肯いた。

昼休みからずっと、決まってる。

この先ずっとご褒美はそれでいいと思うくらいに。

「じゃあ昼から今まで我慢したご褒美も――……」

そこまで言いかけて、志紀が言葉を途切れさせた。

その様子に顔を上げた和音も、あっと短く声をあげる。反射的に繋いだ手を離したのは、どちらが先かわからない。

家の前には、父親の帰宅を報せる車が停まっていた。

「父さん帰ってきてたんだ」

カーディガンの中で、思わず尻尾が揺れる。

父親に会うのは実に十日ぶりくらいだ。父が不在がちなのはいつものことだし特別会いたいと思ったこともないけれど、獣人のことを聞きたいと思っていたから、ちょうどいい。

和音は思わず駆け出した。

「……？　志紀？」

反対にふと足を止めた志紀を、振り返る。志紀は双眸を細めてぎこちなく笑うと、すぐについてきてくれた。


「父さんお帰りなさい！」

家に飛び込んだ和音の後ろで、志紀がお邪魔しますと声をあげる。

父は帰宅しても居間か自室かのどちらかにしかいない。和音はできるだけ足音をたてないように気をつけながら、まずは居間に飛び込んだ。

いつも持ち歩いている大きなスーツケースは置いてあるけれど、姿は見えない。和音はそのまま廊下を渡って父の部屋に急いだ。

「和音、静かにしろ」

部屋の戸に和音の手が届くより先に、中から父の呆れたような声が響いてきた。

そういえば昔から父は和音の気配に敏かったし、うるさいのも嫌っていた。今ならその理由がわかる。和音も学校の喧騒が耳障りだと感じているから。

「ごめんなさい」

障子を開くより先に謝ってから、和音は今日一日かぶっていた志紀のニット帽を脱いだ。それから、腰に巻いたカーディガンも。

後からついてきた志紀が手を伸ばしてきたので、丁寧に畳んでからその二つを渡した。

「父さん、開けるよ」

短く返事が返ってくる。

和音は頭上の耳をちょっと触って整えてから、大きく深呼吸して障子を開いた。

「お、――……お帰りなさい」

なんだか緊張してしまう。

和音が声をかけると、帰宅するなりなにか書き物をしていた父は区切りのいいところまでペンを走らせた後ゆっくり視線をこちらに向けて、――目を瞠った。

「和音、お前……」

父のこんなに驚いた顔を見たのは生まれて初めてかもしれない。

昔から父はあまり動じなかったし、褒められた記憶もなければ一緒に遊んだ記憶もなかった。表情が変わったのを見たのは初めてと言ってもいいかもしれない。

「ご無沙汰(ぶさた)しております」

低い声に振り返ると、志紀がいつの間にか廊下に正座して頭を下げていた。

そういえば昔から志紀は父の前でひどく礼儀正しかった。和音なんて志紀の家に泊まってもおじさんおばさんと言って甘えていたのに。

志紀は大人びているからちゃんとしてるんだなあと思っていたけれど、これも家の問題なのかもしれない。

和音はなんだかばつの悪い思いで、廊下に腰を下ろした。志紀を真似て、正座をする。

「昨日耳と尻尾が発現しました。ご報告が遅れて申し訳ありません」

「そうか」

畳に手をついて、正座した膝をこちらに向けた父が和音の頭上の耳を確かめるようにじっと見た。

思わず、尻尾が不安で揺れる。

「……あの、こんな耳で……ごめんなさい」

ぺたんと垂れ下がった耳は、個人的には気に入っているけれど志紀が言うにはやっぱり獣人として

あまりかっこよくはないようだし。

父の視線も気になって和音が垂れた耳に触れようとすると、ふっと父が笑った。

「大した問題じゃない。発現しないだろうと思っていたお前がしっかり獣人として目覚めてくれたことが何より一番だ」

「……！」

目尻を下げ、優しい面持ちで何度も肯いた父の顔を見て和音は思わず涙ぐみそうになって身震いした。

少なくとも物心がついてから、父にこうして褒められたのは初めてな気がする。

父の驚いた顔を見たのも初めてなら、こんなに優しく微笑まれたのも初めてだ。胸の中にじんとした熱いものが溢れかえってきて、言葉にならない。

ただこういう時尻尾だけは雄弁で、背後に座っていた志紀には振りちぎれんばかりの尻尾が丸見えだっただろう。

「これで神尾家も安泰だ。本当に、よくやった」

父がそう言うと後ろの志紀が深く頭を下げたので、和音も慌てて頭を下げた。

これが、犬養家が神尾家に仕えているということなのだろうか。知らなかったのは和音だけなのかもしれないけれど、なんだか二つの家の関係が変わってしまったような気がして変な感じだ。

志紀の様子を窺いながら和音がおそるおそる顔を上げると、もう父は書斎机に体を向けてしまっていた。話は終わり、と言われているようだ。

「あの、……それじゃ、夕飯ができたらまた呼びに来るね」

ああ、といつも通りのそっけない返事が背中越しに返ってくる。

父に認められたような気がしたからって、関係がまったく変わるというわけじゃない。父はもともとこういう人なのだろう。

和音は緊張しながら障子を閉めると、背後の志紀を振り返った。

「良かったな」

これだけの時間なのに足が痺れてしまった和音に手を貸してくれながら志紀が笑う。

なんだか面映ゆくて志紀ははにかみながら志紀の顔を仰いだ。和音を立たせてくれた手で頭を撫でてくれるかと期待したけれど、ふいと志紀はそのまま踵を返してしまった。

「志紀？」

「おやじ様が帰ってきてるなら、俺もこれで」

えっと声をあげそうになって、和音は喉を鳴らした。

さっきまで立ち上がっていた尻尾が力なく床を向いてうつむいてしまう。

確かに、父親が帰ってきているのにあんな声をあげるような躾なんてし難いかも知れない。躾の内容がどうなのかは和音にはわからないけれど、少なくとも自分がまだ躾が必要な未熟な存在だということを父に知られるのも恥ずかしい。

「……そんな顔するなよ。また明日な」

言葉をなくした和音の頭を、志紀がくしゃっと撫でる。

そのまま耳を撫でて、頭をぎゅっと抱き寄せてほしいけれど――わがままを言っていたらきりがない。

和音が無理に笑うと、志紀も困ったように笑った。

年頃の男子はみんな我慢しているんだ、と志紀は言っていた。

和音の性熱が遅かったから知らなかっただけで、世の中の男子はみんな日常的に性的な欲求を抱えているらしい。

それくらい、同級生の話を聞いていれば知っていた。

だから自分がちょっと人と違うんだという自覚もあった。

——それに、そういう時みんながどうやって処理してるのかも一応は知っている。

今までしたことはなかったけれど。

夕食の後、片付けを終えてお風呂を済ませた和音は穴の空いた制服を眺めながらぼんやりと湿った尻尾を触っていた。

自分で尻尾を触っても何も感じない。

だけど、志紀に触られた時は背筋がビクビクと震えて止まらなくなって、どうにかして欲しいという気持ちになってしまった。

耳だってそうだ。

自分で触る分にはなんともない。

でも、志紀に触られたことを思い出すと少し落ち着かない気持ちになる。

昼休み、無性にぺろぺろと舐めたくなった志紀の唇がこの耳を食んだのはつい昨日のことだ。なんともいえないあの柔らかで濡れた感触を思い出そうとすると、和音の下肢はひとりでに熱を帯びた。

「……っ」

オナニーしたことないなんて嘘だろ、とクラスメイトにからかわれたことがある。

中学生の時だ。

その行為自体が恥ずかしいことなのか、人よりも遅れている和音が恥ずかしいのかわからないけど
とにかくそう言われることが嫌で、身を縮こませていたら志紀が助けに来てくれた。

身長が大きくて頭もいい志紀が来て、怯まない同級生はいない。

何を言っても冷静に言い返されるだけだし、暴力に訴えようとしたって多分志紀は喧嘩も強いだろう。

なまじ整った顔をしているだけに切れ長の目に一瞥されただけでも竦み上がってしまう同級生はすぐに捨て台詞を吐いていってしまった。

そういうことは個人差があるし、あんなことを人前で話すような品のない人間に何を言われても気にするなと言って志紀は和音を慰めてくれた。

あの時も、志紀は和音の頭を撫でてくれた。

ついさっきも撫でられたばかりなのに、もうあの大きな掌が恋しい。

和音は本当の犬になったわけではないけれど、犬の耳が生えるずっと前から志紀に撫でられるのは好きだった。

――もっと下も撫でてやろうか？

昨日耳元で囁かれた低い声を思い出して、和音は知らずのうちに志紀の手を真似るように自身の手を下肢に伸ばしていた。

「……う、っふ……！」

風呂あがりのまだ濡れた叢の中で、和音のものは既に頭を擡げている。

これがオナニーするということなんだろう。たぶん、志紀がしてくれたみたいに触っていれば気持ちよくなる。志紀は昨日、それを教えてくれたのかもしれない。

和音は部屋に敷いた布団の上に横になって、うっとりと目を瞑った。

目蓋の裏には志紀の怜悧な顔が浮かんでくる。

「――……志紀、……っ志紀」

唇の中で何度もつぶやきながら下着の中の手を上下に揺らすと、すぐに自身が熱く、硬くなってきた。

体を丸めて、膝を抱え込む胎児のような格好になる。尻尾も自分の体に巻き付いてピクピクと震えていた。

脳裏に思い描いた志紀が近付いてきて、和音の頭を撫で、きつく抱き寄せてくれる。

吐息がかかるくらい近くに顔を寄せて、和音のはしたなくなった下肢に志紀の手が伸びた。

「志紀、志紀……っいっぱい撫でて、いっぱい……っ」

布団に顔を押し付けるようにして切ない声をあげると、想像の中の志紀は優しく笑って和音の先端に指を這わせてくれた。

「んん……っ！　ん、ぅ」

とろり、と指の下からあたたかいものが溢れ出てくる。

それを幹に塗りつけるように手を滑らせると和音の呼吸はどんどん弾んできて、布団の上の体も痙攣したように震えて止まらない。

「志紀、ご褒美欲しい……っご褒美、……っいっぱい」

くちゅくちゅと糸を引くような音を漏らしながら激しく手を動かしているせいで、パジャマは半分脱げかけているけれど気にもならない。むしろ体が熱くて熱くて、脱いでしまいたいくらいだ。

ご褒美は何が欲しいんだと甘やかな声で尋ねる志紀の唇が、和音の耳に寄ってきてぱくりと食む。

「……んっ、ん……んン……ッ！」

かっと体が燃えたように熱くなって、手の中のものから蜜が溢れてくる。

もう下着もパジャマも、汚れてしまっているかもしれない。だけどもう止められない。

「志紀……っ、僕もう、……っイっちゃいそう、イっちゃ……っ、イく……っ」

これが「イク」ということなんだとわかってはいても、口にするとますます淫らな気持ちになって和音は呼吸もままならないほどドキドキした。

志紀にこんなエッチな言葉を言ったらどう思われるのかわからない。だけど想像するだけなら自由だ。

想像の中の志紀は和音がどんなにはしたないことを言っても優しく——あるいは意地悪く笑って、もっと和音を撫でてくれる。

「ぁ……っあ——……っ出ちゃう、出……っん、ん……っ！」

脳裏に思い描いた志紀が耳から唇を離し、和音の顔を覗き込む。その唇に和音が今度こそ舌を伸ばしかけた時——大きなわななきが和音の体を駆け巡って、手の中に勢いよく白いものを噴き上げてしまった。

「——……っはぁ、……っは、」

瞬間的に体が強い緊張に襲われた後、急激に弛緩していく。昨日はたぶん、この落差でそのまま眠ってしまったんだろう。実際、自分の手でするのと志紀の手でされるのとじゃやっぱり刺激が全然違った気がする。

ねっとりと纏わりつくような熱い体液を受け止めた掌をそっと自身から外すと、指の間から零れ落ちそうになって和音は慌てて机のティッシュ箱まで這った。

あまり考えないようにしていたけれど、昨日志紀の手を自分のこれで汚してしまったんだと思うと頭を抱えたくなる。

こういうことをするのは成人男子として普通だと志紀も言っていたし実際そうなんだろうけれど、友達の手を汚してしまう人はたぶんそんなにいないだろう。

早く躾が要らないくらい成長をしないと、いつまでも志紀に迷惑をかけてしまうということだろうか。

「――……」

掌を拭ったティッシュをゴミ箱に放り投げて、和音は無意識に肩を落とした。

早く自立して志紀に立派な獣人になったと褒められたい気持ちはあるけれど、そうしたら志紀はもう躾をしてくれないいんだろう。

そもそも今まで和音の面倒を見てくれていたのだって、お役目だったからに過ぎないんだろうか。

だとしても志紀が優しいことには変わりない。それなのに、妙に悲しい気持ちになる。

落ち込んだ和音の耳はぺたんと萎れ、尻尾も力なく垂れ下がってしまっただろうとふと窓を見ると

――そこには、犬耳も尻尾もない、今まで見慣れていた普通の和音の姿があった。

「え!?」

目を瞠り、慌てて髪の間に指を梳き入れる。耳が生えていた、かつてむず痒かったところをどんなに擦ってもなんともない。耳は生えてないいし、痒くもない。尻尾も同じだ。尾てい骨は出ているけれど、まるで何事もなかったかのように肌色なだけだ。

そういえば今朝も、昨日のことがまるで夢だったみたいに消え去っていた。

和音は雨戸を閉めた窓ガラスに映った自分の姿を呆然と眺めていると、ある可能性について思い当たった。

「イったら、……消えるのかな」

もしそうだとすると、発現するきっかけはなんなのかということになる。

それも、なんとなく察しがつくような気がして和音の胸が騒いだ。

性的に満足して消えるものなら、つまり欲を覚えた時に生えてきてしまうということじゃないだろうか。思い当たる節がないとはいえない。

そのことを志紀は知っているのか、いないのか。だけど昨日和音が志紀の手で果てて眠ってしまった後、耳が消えたのは見ているはずだ。

「うう……」

今朝は夢だと思っていたから気にならなかったけれど、明日の朝は一体どんな顔をして志紀に会えばいいのかわからない。

和音はその場に蹲って頭を抱えると、しばらく唸り声を上げていた。

どんなに気まずいと思っていても朝は来るし、和音は志紀を避けて学校に行くことなんてできない。別にもう高校生なんだから一人で駅まで行くことも電車に乗ることもできるけれど、志紀に何かしら一人で登校する旨の嘘をつくことがまず難しいし、うまく騙せるとも思えない。

それに、志紀がいなかったら寂しいと思ってしまうのは和音のほうだ。

顔は合わせづらいけれど、志紀には会いたい。

どんな顔をしていいかはわからないけれど、たぶん志紀はいつも通りだろう。

「おはよう」

和音が朝からまた蹲りたいような気持ちに苛まれながら味噌汁をあたためていると、まだ寝巻き姿の父が起きてきた。

「あっ父さん。おはようございます」

父は黙って食卓につくと、朝刊を開いた。

「父さん、しばらく家にいられるの?」

お椀を用意しながら和音が声をあげると、食卓の父からは短い肯定が返ってきた。

獣人のことについて、聞きたいことはたくさんある。今まで父は和音のことを思って話してくれなかったのだろうけれど、父だって話したいことはあるかもしれない。

自分の血筋の、自分の体のことなのにいつまでも志紀に頼ってはいられない。——恥ずかしい思いもなるべくならあまりしたくないし。

「和音」

急いで朝食を食卓に並べる和音に、新聞を捲っていた父が思い出したように顔を上げた。

「次の土曜日を空けておきなさい」

「土曜？　別にいいけど……何か用事？」

青菜と油揚げの入った味噌汁を最後に差し出すと、和音も席についた。

志紀と待ち合わせた時間まであと三十分。時計を確認してから、和音は父の後に掌をあわせて箸を取った。

「お前の見合い相手を呼んでおいた」

最初にお椀を取って味噌汁を啜ろうとして、和音は顔を上げた。

「え？」

見合い、と言っただろうか。

和音は目を瞬かせて正面の父の顔を窺った。父はなんでもない顔をして食事を進めている。

自分の聞き間違いだろうかと他の言葉である可能性をいくつも考えてみたけれど、どれもしっくりしない。

「父さん、今なんて……」

「見合いだ。――お前も無事に獣人として発現したのだから、次は子孫を残せるように備えなければならない」

開いた口から何も言葉が出てこなくて、和音は小さく息を吐いたきり味噌汁のお椀を食卓に戻した。

結婚はもとより、自分が子孫を残すだなんてことを今まで考えたこともなかった。

だけど、父の言うことは理に適(かな)っている。

動物として生殖活動に目覚めたからこそ獣人として発現したのだし、性的な欲求というのは子孫を残すために生まれるものだ。

子孫を残せるように体の準備が整ったのだから、子孫を残しなさいというのは正論過ぎて、言葉も出ない。

「——あ、……あの、でも僕まだ高校生だし」

「すぐにとは言ってない。籍を入れるのは大学を卒業してからだ」

少なくともあと五年は先ということか。だけど、五年しかないという気もする。

別に結婚したくないとは思わないし、結婚する前にしたいことがあるわけでもない。ただ、自分が五年後に結婚するなんて今の今まで考えたことがなかった。まだ恋人ができたこともないのに。

和音が呆然としていても父は少しも動じた様子を見せず淡々と食事を済ませていく。和音にはもう食欲を意識する余裕もなかった。

「あ、の……次の土曜って……じゃああの、相手とか……決まってるの？」

心臓が強く打って、体の中で冷たい血液が轟々(ごうごう)と流れているのを感じる。

志紀と一緒にいる時に感じるようなドキドキとはまるで違う。得体の知れないことに対する不安で、四肢が汗ばんで冷えていく。

「ああ。北に棲んでいる我々と同じ獣人の血筋でな。確か同じ年頃の娘さんがいると思って連絡をしておいた」

「そ、その人はなんて……？」

自分でも情けなくなるくらいか細い声で尋ねてから、和音はぐっと喉を詰まらせた。

そんなことは、会ってみたほうがわかるかもしれない。

自分の結婚相手を――しかも子孫を残すためだけに勝手に決められて抵抗があるのはどちらかといえば女性である相手のほうだろう。

それでも用意された相手が志紀みたいなかっこよくて頼りになる非の打ち所のない人だったらまだしも、和音みたいな平凡な男だったら先方から断られる可能性だってある。

野生の動物だって強いオスのほうが人気があるというし。

「とにかく、一度会ってみろ。……ご馳走様」

ご飯も食べずに押し黙ってしまった和音を鋭い目で一瞥して父は箸を置いた。

和音は小さく肯いてみせたものの、気持ちは重く沈んだままだった。

「……おはよ」

結局朝食を一口も食べないまま家を出ると、志紀は和音の顔を一目見るなり訝しげに顔を顰めた。

一応今日は自分で帽子を持ってきたけれど、使わずに済むような気がする。腰には既に自分のカーディガンを巻いているけれど尻尾も出てこない。志紀の顔を見ても。

「何かあったのか？　ひどい顔してるな」

ひどい顔、と言われて和音は弱い苦笑を浮かべると、引き攣った自分の頬を掌で擦った。

その手を志紀が取り上げて、顔を覗き込んでくる。

「おやじ様に何か言われたのか」

険しい表情をした志紀が声を潜め、背後の和音の家をちらりと窺った。

和音の手を掴んだ志紀の手が熱い。

「あー……ええと」

嘘をつくのは得意じゃない。父に言われた言葉で笑えなくなっているのは本当だ。

だけど、父が和音を傷つけたわけじゃない。

志紀にどう説明していいのかわからず、和音は視線を伏せた。

「……心配させてごめん」

それだけしか言えずにうつむいた和音は、次の瞬間には気を取り直して学校に行こうと志紀の手を引くつもりだった。

だけどその前に、志紀が摑んだままの和音の手を強引に引いた。

「っ、志紀？」

「ちょっと俺んち来い」

驚いて顔を上げた和音の目の前には志紀の背中しか見えない。

だけどまるで志紀が怒っているように感じて、和音は思わず足を踏ん張った。大して威力は発揮しなかったけれど。

「で、……っでも、学校行かなきゃ」

「一日くらい遅刻したって大丈夫だろ。最近は和音の病欠も少ないし」

和音が少しばかり抵抗したことにも志紀は気付いていないかもしれない。それくらいの強引さで、志紀はあっという間に和音を家の中に引きずり込んだ。

「あれ？　……おばさんは？」

家のドアを開ける前に、志紀は鍵を開けていた。

いつもなら志紀の母親がいるから鍵は開いているはずなのに。

「友達のパート手伝いに行ってる。先週から、不定期で」

「そ、そうなんだ？」

「それで、何があった？」

家の中に上がるのもまだるっこしいとばかり、和音の背後でドアが閉まると志紀がすぐに振り返って距離を詰めてきた。

薄暗い玄関先で志紀の影に覆われると、それだけでちょっと威圧感を覚える。和音は首を竦めて後退ると、ドアに背中をぴたりとつけた。

「何、……っていうか」

和音が逃げようとしているとでも思ったのか、志紀が和音を閉じ込めるようにドアに腕をついた。

自分はそんなに落ち込んだ顔をしていたのだろうか。志紀がこんなに心配をするくらいに。

和音は言い淀んだ自分の顔をもう一度手で擦って、鼻を鳴らした。

言葉にしようと思うと、より胸が苦しくなった。だけど言わなければ志紀はますます心配してしまうだろう。

「――……お見合い、しろって言われて……」

深くうつむいて和音がつぶやくように言うと、頭上で志紀が息を呑んだ。ドアについた手がぎゅっと拳を握る。

「それがすごく嫌とかじゃなくて、なんか……そんなこと考えてみたことなかったし、突然だし……子孫を残すためとか言われても、僕」

一度口を開くと、次から次へぽろぽろと言葉が溢れ出してくる。

強い抵抗を覚えるわけじゃない。だから父に嫌だと言う気もない。だけど、ひどく不安になる。

和音はたしかに今まで暢気に生きてきたと思うし、進学先も自由に選んでいいと言われて勉強をしろと口うるさくされたこともない。

だけど獣人として発現したら将来は自ずと決まって、結婚相手すら選べず、その先の子孫を残すための道具みたいに扱われている気がして暗い気持ちになる。

「……仕方ない、だろ」

ぎゅっと胸の前で自分の手を握りしめた和音の頭上で、志紀がぽつりとつぶやいた。

「え……？」

聞き間違いかと思って、顔を上げる。

志紀は苦虫を嚙み潰したような表情をして、顔を逸らしていた。その横顔を仰いで真意を推し量ろうとするけれど、心がざわざわとして落ち着いて考えられない。

父に見合いの話を聞いた瞬間より、志紀にその話をすることよりも、心臓が軋むように痛い。

「し、かたない……って」

「お前のおやじ様も見合いだったっていうし、たぶんお祖父様だってその前だってそうだ。神尾家の血を守っていくためには相応の家柄の人間と交わらなければならないんだって、聞いてる」

そっぽを向いて顔を顰めた志紀を見上げているはずなのに、目の前が真っ暗になるようで和音は背後のドアに凭れかかった。

系譜を守っていくというのはそういうことなんだ。

理屈ではわかると諦めている自分と、どうしてもそれを飲み込むことができなくて胸が押し潰されそうになっている自分がいる。

和音は呼吸することも忘れたまま志紀の苦しげな顔を仰いで、脱力すると双眸から滴がひとつ、こぼれた。

「……泣くなよ」

顔を背けていて、和音の顔なんて見えていないかと思っていたのに。

志紀は和音の涙が顎先から落ちるよりも早くその滴を掌で拭って、困ったように眉尻を下げた。

仕方がないことは、仕方がない。志紀に話したところでどうなることでもないのに、何故か志紀に話したらどうにかなるような——あるいは気が楽になるようなことを言ってもらえるような、そんな気がしていた。

だけど志紀にまで苦しい思いをさせただけだったのかもしれない。

和音が嫌だと思うことを自分のことのように感じてくれる優しい志紀だからこそ。

「……っごめん」

少なくとも自分の中で整理をつけてから話せば良かった。

和音は震える唇を嚙んで自分を叱咤しながら、次々に涙が溢れてくる顔を伏せた。

「謝らなくていい。……急にいろんなことあって、わけわかんないよな。俺がちょっとでも話しときゃ良かった」

拭った涙で濡れた掌で和音の頭を抱き寄せながら、志紀が長くため息をつく。和音は志紀の腕の中に閉じ込められた首をふるふると揺らして、しゃくりあげた。

志紀は悪くない。

獣人だとか見合いだとか、確かに驚くようなことばかりで自分の気持ちがついていかないのは確かだけれど、和音がもっと強ければ取るに足らないことだったのかもしれない。ましてや、志紀が責任を感じるようなことじゃない。

「無理するな。そりゃ、仕方のないことだってあるだろうけど……お前はお前のままでいい。お前を支えるために俺がいるんだから、無理して我慢したり、下手に気を使ったりするなよ」

また、心を読まれているようだ。

和音は自分の足元だけ雨でも降ったかのように濡れるほど涙を零しながら少し笑ってしまって、志紀の顔を見上げた。

志紀に泣き顔を見られるのなんて、今更だ。

志紀も涙に汚れた和音の顔を見ても少しも動じずに涙を拭ってくれた。

「おやじ様のこととか家のこととか、自分の体のこととか不安なことも考えることもたくさんあるだろうけどな、俺の前では存分に悩んでいい。俺ほどお前のだめなところを知ってる奴もいないしな。これからも俺の前では、何も考えなくていい。素直でいていい」

鼻先を寄せるように近くで視線を合わせた志紀が、さっきまでの苦しげな表情でなくいつもの優しい顔をしている。

ただそれだけで和音は不安で強張っていた心が解かされていくようで、また大粒の涙が溢れ出てきた。

「バスタオルが必要だな」

小さく笑った志紀が涙を拭うのを諦めたように、和音の髪を何度も丁寧に撫でてくれる。その頭にむず痒さを覚えて、和音はしゃくりあげながら志紀の首筋に頭をすり寄せた。

「志紀、ごめ……学校、」

「気にするなって言ってるだろ？　お前は悩む時間が長いほどこじらせるんだから。こっちのほうが先決だ」

和音が志紀の制服に手をかけて体をすり寄せても、志紀は少しも嫌そうにせず髪に鼻先を埋めて撫でてくれる。

その手つきが本当に犬を撫でているかのようで、頭を撫で、肩を撫で降りて背中をさすってくれると驚くほど心が穏やかになっていく。

何も解決はしていないし、仕方ないということがわかっただけなのに。

和音は志紀の肩口で胸いっぱいに志紀のにおいを吸い込むと、次第に涙が止まっていくのを感じていた。

「……志紀」

心を重くさせていた霧が晴れていく代わりに、頭のむず痒さが強くなってくる。

和音は志紀にすり寄せた体をもじつかせて、逡巡した。だけど黙っていたってどうなるものでもない。

「僕、……耳、出てきそう」

尻尾も。

カーディガンを巻いた下のスラックスには、昨日志紀が開けてくれた穴が空いている。そこからうまく尻尾が出せるかどうかわからないけれど、出てこなかったら志紀が上手に出してくれるだろう。

志紀に尻尾を触られることを考えたら、ますます耳が飛び出てきそうだ。

「いいよ。首輪も着けるか？」

また耳も生えてきていないのに、志紀のにおいをたくさん嗅いでいるだけで息が弾んでくる。

「うん……首輪、着けてもいいから」

ぶるっと身震いすると、頭上に耳が生えてきたのがわかった。案の定尻尾はうまくスラックスの外に出られなくて窮屈だけれど。

すり寄った肩口から顔を見上げると、困ったような表情を浮かべた志紀が小さくため息をついた。

「じゃあ、……俺の部屋行くか」

カーテンが開け放たれた志紀の部屋にはまだ朝の光が差し込んでいる。

本当なら学校に行っているはずの時間に、何をしているんだろうと罪悪感が胸を巣食う。

迷いが生じた和音を繋ぎ止めるように、首の後ろで首輪の金具が留められる音がした。

「よし。……痛いところはないか？」

リードを着けた志紀が背後から尋ねると、和音は首輪の内側に指を差し入れて小さく頭を揺らした。

特に擦れるところはない。

「うん……。あ、あのさ……これって、なにか意味、あるの？」

志紀のいう躾がどういうことなのか、今ひとつわからない。

ただなんだかいけないことをされているような気がして恥ずかしさだけが募る。

和音がおそるおそる背後を振り返って尋ねると、志紀がリードを引いた。

「あるよ。このまま、散歩に行けるだろ」

「っ！　散歩って……！」

驚いて竦み上がった和音は、慌ててリードを握った志紀に手を伸ばした。

こんな格好で外に出たら、どんな目で見られるか知らない。耳と尻尾を隠していたって、首輪なんて着けていたら——まるで変態だ。

「行くか？　散歩。今日は天気もいいし」

リードを摑ませまいとして頭上高くに手を掲げた志紀が、顔を熱くさせた和音を見下ろして笑う。

「い、行かない……っ！」

ただでさえ背の高い志紀が腕を上げてしまったら、和音がジャンプをしてもなかなか手が届くものじゃない。何とかして腕を下ろしてもらおうとして志紀の制服にしがみついていると、その腰にもう一方の腕が回ってきた。

「ほら、転ぶだろ？」

志紀が意地悪をするからこうなっているのに。危ないことをするなとばかり和音の体を強く抱いた志紀に、思わず胸が早鐘を打つ。尻尾も、左右に振れてしまっているのだから始末に負えない。それを見た志紀が短く笑い声をあげた。

「う、うぅ……」

慌てて背後に腕を回して、志紀にじゃれついて喜んでいるかのような尻尾を押さえこむ。

和音が飛びつくのをやめても、志紀は腰を抱く腕を緩めなかった。

「……散歩は、やだ。恥ずかしいし……志紀が見るだけならいいけど、他の人に見られるのは」

尻尾が振れているのが散歩を嫌がっていない証拠だと思われるのは困る。

和音が耳をぺたりと伏せて唸るようにはっきり言うと、志紀が目を瞬かせてこちらを窺ったのがわかった。

そんな意外そうな顔をされる意味がわからない。

首輪だって、志紀が着けるというから良いだけで、他の人だったら絶対に嫌だと抵抗しただろう。

「あの、だから僕は、志紀だから――……」

「まったく、お前なぁ」

和音が言葉を重ねようとすると、心底呆れたような志紀のため息に掻き消された。

だけどそれきり志紀は何を言うわけでもなく脱力したようにその場に腰を下ろしただけだ。当然、腰を抱かれたままの和音も志紀の膝の間に腰を下ろす格好になる。

いったい何をそんなに呆れられたのかわからなくて、フローリングにリフォームされている志紀の部屋の床にぺたりと腰を下ろした和音はじっと志紀の顔を覗いた。

和音の視線に気付いた志紀が苦笑を漏らして、目の前の頭をおざなりに撫でる。

適当でもなんでも撫でられるのは心地が良くて、和音の尻尾がまた左右に触れた。

「……そういえば、昨日あのまま別れたけど耳は消えたんだな」

「！」

ぎくり、と全身に緊張が走った。

機嫌の良さをあらわにした尻尾も強張ってピンと立ったのを見た志紀が、唇をにやりと意地悪に微笑ませる。

「えっ、あ……っあの、う、うん、あの」

朝起きたら消えてたんだと嘘を言おうと思うのに、思うように言葉にならない。しどろもどろになった和音を見た志紀がますます面白そうに双眸を細めて笑っている。

やっぱり、志紀は知っているんだろうか。

体が羞恥で熱くなってくる。

ついさっきも深く考えず、耳が生えてきそうだ、なんてずいぶん甘えた声で言ってしまったような気がする。

「あ、あ、あ……あの、もしかして志紀、知っ、て……？」

「うん？　何をだ？　耳の消し方か？」

和音はうっと喉を詰まらせて、志紀から身を離そうとした。だけど腰を抑えられていて、とても離れられそうにない。

密着した体が熱くなって、汗ばむほどだということも志紀にはバレてしまっているはずだ。

「和音はどうやって犬耳を消したんだ？　教えてくれよ」

「し、……っ知らないっ」

離れられないならせめて、真っ赤になっているだろう顔を隠したくて志紀の腕の中で必死に身を捩る。志紀は笑い声を上げながらも和音がそっぽを向くことを止めはせず、和音は腕の中で体を反転させて、志紀に背を向けることに成功した。

「知らないってことはないだろ？　意地悪しないで教えてくれよ」

だけど、背を向けたからって無事でいられるわけじゃない。

背後からうなじに唇を寄せてきた志紀が吐息で肌をくすぐるように囁きかけてくる。和音の背筋がぞくぞくとわなないて肌が粟立ってしまう。

「い、意地悪なのは志紀の方だろ！」

志紀のものと揃えると長さの違いが明らかになってしまう足を引き寄せて、もじつかせる。

やだやだと首を振っても、志紀は笑っているだけだ。和音も腹に緩く回された腕を無理に解こうとはしない。

「俺のどこが意地悪なんだよ。これから、お前の耳をどうしても隠さなきゃいけなくなった時に手伝えることがあるかもしれないだろ？　だから教えてほしい、って言ってるだけだ」

わざとらしく強調するところも、意地が悪い。絶対わかっていて言ってるんだろう。

首をひねって背後の志紀を恨みがましい目で睨みつける。恥ずかしさで涙が浮かんでいたせいか、今ひとつ迫力には欠けたようだ。

「し、……っ知ってる、くせに……」

振り返って見上げた志紀の顔が近い。それこそ少し首を伸ばせば唇が触れてしまいそうで、和音は志紀の顔を直視することができずにすぐに目を逸らした。

「お前の体のことだよ。なんで俺が知ってると思うんだ？」

「それは……！」

この間、和音が射精したのを志紀が見ているからだ。

だけどそういえば答えを言ったのも同然だ。

かっと顔を熱くさせた和音が慌てて両手で自分の口を覆うと、志紀が堪えきれなくなったように体を震わせて笑い出した。

その振動が和音の背中にも伝わってきて、妙に体がむずむずとこそばゆい。体の芯が疼いて、熱くなってくる。肌は粟立っているのに。

「し、志紀のいじわる……」

きゅう、と鼻が鳴った。

ひとしきり笑った志紀にもそれが聞こえたようで、ふと耳元で甘い吐息を感じる。

「和音」

囁かれたかと思うと、耳にあたたかいものが触れた。

考えるより先に、びくんと体が震える。

「ごめん」

耳に押し付けられた唇が、それでも少し笑っているような声色で言ったかと思うとお腹に回されていた手がゆっくりと滑り降りて和音の下肢に触れる。

「……っぁ、志紀……っ」

反射的に手を押さえようとしても、重ねるのがせいぜいでとても止めることなんてできなかった。

だってそれは志紀が撫でるよりも先に既に膨らみを帯びていて、触れられたがっていたから。

「ほら、……こうやってするんだろう？」

耳を熱い吐息でくすぐられながら足の間を何度も撫で上げられると、それだけで腰がぴくぴくんと床から浮いてしまう。

背を捩らせ、後ろから抱いてくれている志紀に身を預けながら和音は鼻を鳴らした。

「ん、んぅ……っぁ、志紀……っ――」

もっと、とはとても恥ずかしくて言えない。でも知らずのうちに重ねた手に力をこめて、腰を揺らめかせてしまう。

だけど志紀はそれに応じることなく、不意に手を引いてしまった。

「え？　ぁ……っ、志紀」

「和音、一人でして見せて」

言葉に詰まって、目を瞬かせる。

体の中はすっかり火がついたように熱くなってじりじりと焦がされているようだ。覚えたばかりの快楽の味は和音にはあまりにも強すぎて、抗（あらが）える気がしない。

それなのに。

「え、……っあの、志紀？　ひとり……って」

自分から離れてしまった手を手繰り寄せようとして制服に手をかけると、志紀は頭は撫でてくれるけれど下肢まで引き下げることはしてくれない。和音も、必死になって志紀の手を自分のはしたないところまで押し下げるなんて恥ずかしくて、つい微かに促す程度の力でしか制服を引っ張れない。

「昨日は一人でしたんだろ？　だから、して見せて」

「……！」

振り返った志紀が、うっとりとするほど完璧(かんぺき)な笑顔で微笑む。

ええっという声も出てこない。唇をぽかんと開けて、息を飲んだきり和音は固まった。

昨日一人でこんなところを触っていたと志紀にバレてしまっているなんて、それだけでもう逃げ出したいような気分だ。首にはリードのついた首輪が着いたままだから逃げ出すこともできないけれど。

だけど志紀の言う通り、同じ年頃の男子はみんな一人でしたりしているのかもしれない。

同級生の話を聞く限り、そのようだ。以前はそういうものなんだとしか思ってなかったけれど、あの感覚を味わってしまった今なら、夢中になるのもわかる。

一人でする――というのも、志紀にとっては和音の躾のひとつなのかもしれない。

最初は志紀が手伝ってくれたというだけで、他の人は一人でしているんだから。ちゃんと一人でできるかどうか志紀が見てくれる、ということなのだろうか。

それでも恥ずかしいことに変わりはないけれど。

「し、……っ志紀、……あんまり見ないで、……ね」

震える声でつぶやいて、和音はおそるおそる自分のものに手を伸ばした。

志紀の返事はない。ただ、熱くなった耳を一撫でされただけだ。

「――……っふ、……ん」

目を閉じて、昨日したように幹の部分を掌で包み、上下に撫でる。

最初は少し擦れるような感じがするけれど、すぐに先端から湿り気を帯びてきてそれを塗りつけるように手を動かすと次々に滴が溢れてくる。

体が熱くなって、汗ばんできた。制服のワイシャツが貼りつくように感じて、せめてジャケットだけでも脱いでしまいたい。

だけど志紀の体がぴたりと寄り添っていて、とても身動ぐこともできない。

「ぁ、……っはぁ、っは、……ぁ、ん、ん……っ」

唇を噛んで声を殺そうとしても、唾液が溢れてくると滑って口が弛緩したように開き、声が漏れてしまう。鼻を鳴らした自分の声がひどく甘くて、恥ずかしい。

掌がくちゅくちゅと粘ついた水音を立てるようになってくると、和音は断続的に体を震わせながら時折床から腰を浮かせた。

「んぁ、あ――……志紀、……っ志紀」

昨日目蓋の裏に思い描いていた志紀が、今は自分のすぐ近くにいる。

直接触ってはくれないけれど、和音のいやらしい汁を溢れさせている先端を見下ろしているんだろう。――そう思うと、ますます反り返ったものがヒクヒクと脈動してしまう。

「ふぁ、……っぁ、あ、志紀……っ、僕の、……っ変じゃ、ない？」

和音の背中を抱いた志紀の息遣い、鼓動を感じていると昨日よりずっとドキドキしてしまって、すぐに出してしまいそうになる。

だけど早過ぎるのも良くないと聞いたことがあるから、和音は志紀に見栄を張るような気持ちで気を逸らして、背後を振り返った。

「ああ、上手にできてるよ。……昨日もそうやってしたのか？」

耳元に唇を押し付けた志紀が囁くと、それだけで和音の背中が大きく痙攣した。

これで一人でちゃんとできていることになるのだろうか。志紀のにおいに覆われながら、熱を感じながらでは、とても昨日と同じじゃない。

だけどそれがバレないように和音はぎこちなく肯いた。

「う、ん……っ昨日は、布団で……っ寝転がって、したけど」

胸で浅く息を弾ませながら、震えとともに湧き上がってくる滴を掌で自身に塗りつける。手の中のものがぬるぬると濡れていくほど体の疼きは強くなって、身悶えするような快楽になっていく。

「そうか。何を考えてしてた？」

もっと動かしてごらんというように志紀が和音の腕に手を添えると、それだけで和音はしゃくりあげて仰け反った。

志紀が自分のものに触れてくれたわけでもないのに、間接的に弄られていると感じるだけでいやらしい気持ちになってしまう。

「し、っ志紀……っ、志紀の、こと」

仰け反った身を捩って、志紀の胸に頬を埋める。においを大きく吸い込みながら両手で自分のものをしごくと、下肢が何度も痙攣する。

「っ、……そう、か。……俺の、どんなこと？　俺に触られたこと思い出してたのか？」

夢中で志紀の制服に頬をすり寄せていてから、はっと我に返って和音は顎を引いてうつむいた。このままだと志紀の制服を自分の唾液で汚してしまうかもしれない。

喉を鳴らして口内の唾液を嚥下すると、和音は熱い息を吐きながら志紀の顔を仰いだ。

「うん、……志紀に撫でてもらったこと、とか……あと、それから」

振り返ると、志紀も和音の顔を見下ろしていた。

他の人は冷たいと感じるらしいくらい澄んだ志紀の眼の中に、見たこともないくらい恍惚とした表情の自分の姿があった。

「それから？」

志紀の低い声が、聴覚が過敏になった和音の耳を震わせる。

和音はすり寄せた両脚の間に挟み込んだものを夢中で擦りながら、ますます息を弾ませた。志紀の顔を見つめていたら、我慢ができない。体の中が燃えているように熱くて、火傷（やけど）してしまいそうだ。

「それ、から……ご褒美、」

「うん？」

まるでお漏らしでもしているように次々と溢れ出てくる滴を堪えきれなくて先端を掌で包むと、剝（む）き出しになった快楽に触れたように感じて和音は声をうわずらせた。

か細く震えた和音の声を聞き取ろうとして、志紀が顔を寄せてくる。

和音はあまりの焦れったさで泣きたいような気持ちに襲われて、肩をばたつかせた。

「ご褒美、……っ欲しい、昨日の」

これじゃまるで駄々っ子だと思いながらも、泣きじゃくるような声が止められない。

ついさっきまで見合いなんて不安だと泣いていたばかりなのに、また泣くのかと志紀に呆れられたら嫌なのに。だけどどうしても止められない。志紀の顔に首を伸ばして、頬をすり寄せる。

「ご褒美が欲しいのか？　何が欲しい？」

必死になっている子をあやすように、志紀は和音の頭を抱いて撫でた。

志紀の体を振り返るのに夢中で背を向けていられなくて、横抱きになるような格好になりながらも下肢の手も止められない。

こんなところを志紀に見られたら恥ずかしいのに、胸が苦しくて耐えられない。

「志紀、……っ志紀の、唇、……っぺろぺろ、したい……っ」

頭を抱いた志紀の手が耳を擦るように撫でるとますます苦しくなって、和音は頬をすり寄せた志紀の首筋に嚙みつくように喘いだ。志紀のにおいが強く立ちのぼっているそこに鼻先をすり寄せ、唇を押し付けるとひとりでに腰が揺らめいてしまう。

「ぺろぺろしたい、よぉ……っ志紀、ちゅうしていい？　……ちゅうってしたい、よぉ、切ないよお……っ！」

泣きじゃくるような声を上げているうちに本当に和音の目から涙が溢れてきた。

苦しくて、切なくて、もう嫌だという気持ちにさえなってくる。

志紀なんて嫌いだと胸を叩(たた)いて怒り出したい。

だけど本当は嫌いじゃないし、体は志紀に触ってもらいたがっている。だけどこの衝動を自分でもどうしていいかわからない。

「和音」

耳を撫で下ろした志紀の手が、濡れた唇を何度も噛み直す和音の頬を滑り降りて顎の線を伝う。

志紀の声に促された和音が涙に濡れた睫毛を上げたその時、志紀の顔が覗き込んできた。

「……っ、」

志紀の顔が今まで見たこともないほど近くにある、そう思った時には既に和音の呼吸は塞がれていた。

瞬きをすると涙の滴が頬を落ちていく。

和音の濡れた唇を貪(むさぼ)った志紀はすぐに舌を伸ばしてきて、突然のことに呆然としている口内にぬるりと入り込んでくる。

「んぁ、ぅ……ん、」

自分の熱ではないものが口の中に入ってきて、ぬるぬると舌先や歯列を舐め上げていく。

まだ何が起こっているのか頭は追いつかないのに体は過敏にわなないて、動かすことも忘れた手の中で屹立（きつりつ）は滴を零している。

「……どうした？　ぺろぺろしたいんじゃなかったのか？」

志紀の唇がわずかばかり――と言っても言葉を紡ぐたびに唇の先が触れるほど近い距離に離れると、急に和音の心臓が思い出した様に激しく打ち始めた。

「え、あ……あの、し、……っしたい、けど」

ドキドキしすぎて、言葉もうまく紡げない。

唇にまだ志紀に体温が残っている。

いつもじゃれあっているし手を繋ぐことだってあるし、今だって体の触れていない部分を探すほうが難しいくらい密着しているのに。唇の熱さだけがひどく特別に感じる。

唇を塞がれると息苦しいし、どうしていいのかもわからない。それなのに、すぐに離れてしまったことが寂しく感じる。

「したい、けど？」

頬にかかる和音の細い髪を志紀が丁寧に撫でつける。その視線が自分を向いていることさえ、まるで愛撫（あいぶ）されているように感じる。

和音はこれ以上鼓動が早まったら心臓が爆発して死んでしまうのではないかと不安を覚えながら、決死の思いでごくりと喉を鳴らした。

燃えるような熱い息を吐いて唇を開く。まだ、志紀のにおいが少しだけ残っている舌を伸ばして志紀の唇に触れさせてみた。

志紀の唇が震えてから、薄く開く。中へと誘われているようだ。

和音は自分の蜜のついた手で志紀の制服へしがみつくと、今度はもっと舌を伸ばして志紀の唇の表面をぺろぺろと何度も舐めた。

唾液が溢れてきて、志紀の唇が和音のよだれで濡れていく。和音は荒く息を弾ませながら志紀の唇を吸い上げては、また舐めた。

その和音の舌を、志紀が時折いたずらに捕まえるようにぱくりと食んでしまう。だけどすぐに解放されると、和音はまた苦しくなった。

「志紀、……っ志紀、あの……ぺろぺろしたい、けど——……ぺろぺろして、欲しい……」

自分でも気持ちがはやるばかりで、何をどうしたいのかわからない。

和音が熱っぽくなった目で窺うように見上げると、志紀は目を眇め、唾液で濡れた自身の唇をぺろりと舐めた。

その仕種があまりにも様になっていてかっこ良くて和音が制服を握る手に力をこめた時、志紀が覆いかぶさってきた。

「ん、ん……っ！」

乱暴に唇を吸い上げられ、思わず声が漏れる。

慌ててぎゅっと目を瞑ると、髪の間に指が梳き入れられて頭を拘束された。舌で大きく口を開かされて、志紀の熱が入ってくる。

「んぁ、――……っふ、んん……っん――……っ」

舌を吸い上げられ、表面も裏も志紀の味に染め上げられるように舐め回されると息苦しさも忘れて体の力が抜けていく。

志紀の舌が口内で動くたびに背筋がざわめき、甘く鼻を鳴らしてしまう。必死に喉を上下させて志紀のものと自分のものが混じり合った唾液を嚥下し、志紀の背中にしがみつく。

舌先をくすぐるように縺(もつ)れさせ、やがて根本まで絡ませ合うように互いを舐め合う。和音がそうするだけじゃなく志紀にそうされるということがひどく幸福な気持ちになって、体が蕩けていくようだ。

「ぁ、……っふ、志紀、志紀……っ気持ちいいよぉ、っ……もっと、もっと」

唾液を顎先から滴らせながら一度唇を解かれると、切なさが募って和音は舌足らずな声をあげた。

志紀の唇を犬のように舐め、頰も、耳朶まで吸い付きたくなる。

志紀はそれをくすぐったそうにしながら、嫌がる素振りは見せなかった。それがますます和音を嬉しくさせて、尻尾が触れてしまう。

「和音、こっちも撫でてやるよ」

体に力の入らなくなった和音を膝と片腕で支えながら、志紀のもう一方の手が下肢へと滑り降りていく。

和音は慌てて志紀の体に縋りつくと、首筋に埋めた顔をいやいやと振った。

「だめ、っ……志紀、そこ、っ……すぐ出ちゃうから、だめ」

志紀にしてみれば和音がいつ出そうと気にならないのかもしれない。もう早過ぎるということもない。

だけど和音はこの爛れた幸福な時間に一秒でも長く溺れていたい。何もかも忘れてしまうくらい恍惚としたこの時間を終わらせてしまいたくない。

「いいよ、一回出せ」

力なく抵抗する膝の間に手を滑らせた志紀が制服のスラックスを引き下ろすと、突然肌を外気に晒された和音は竦み上がった。だけどそれも、志紀の熱い掌が肌をのぼってくると粟立ち、汗ばんでくる。

こんな状態で志紀に触れられたら、あっけなく果ててしまうだろうということはいくら和音でもわかる。

「やだ、……っやだぁ、っお願い、志紀……っやだ、やだ」

志紀の手で射精したくないわけじゃない。むしろさっきまでは触ってもらいたくて泣くほど切なかったのに。

触れられるのが嫌なんじゃなくて、終わらせるのが嫌なんだと伝える余裕もない。

泣きじゃくるような声をあげて必死に両足をすり合わせる和音に、志紀が困ったように息を吐いたのがわかった。

志紀を困らせたいわけじゃない。

和音はどうしたらいいのかわからなくなって、また涙を浮かべてしまった。

「志紀、ちが……っ僕、やだ……――僕、志紀と……志紀と、結婚したい」

口にしてしまうと、胸のつかえが少し取れたような気がした。

和音の膝を割ろうとして表面を撫でていた志紀の手が止まって、ぎょっとしたように目を瞬かせている。

「ば、……っ馬鹿。お前、……できるわけないだろう。男同士だぞ」

「わかってるけど……」

知らない人と血筋を護(まも)るために結婚するのなんて、嫌だ。

和音には志紀さえいればいい。今までだってそうだったように、これからも。

志紀以外の人が隣にいる人生なんて想像したこともないし、他の人と一緒にいてこんな風に耳や尻尾が生えてくる気がしない。

とにかく、志紀がいい。志紀じゃなくては嫌だ。

見合いの話をされた時に感じた不安はたぶんそういうことなのだと、口にしてみたらわかった。

そんなこと叶(かな)わないことくらい、和音にだってわかるけれど。

「俺は、お前を支えるお役目があるんだし……――」

和音の突拍子もない言葉に、志紀も困っているんだろう。珍しく言葉に詰まって、視線を伏せてしまっている。

和音にとっては、こんなに体をすり寄せてにおいを嗅いで、舌を絡ませていやらしいところを触られるのだって志紀だから良いし他の人とこんなことするなんて考えられないけれど、志紀にしてみたらそれもお役目の一つということだろうか。

相手が和音じゃなくても、神尾家に生まれた獣人だったら志紀は優しくしたんだろうし、面倒を見たということなのか。

それを、結婚だなんて――できなくて助かったけど、馬鹿なことを言ってしまった。和音は呼吸をするのもつらいくらい胸が痛くなって、濡れた唇を自分の手で拭った。

「ご、……ごめん、志紀……あの、僕」

さっきまであんなに泣きじゃくっていたのに、不思議と今は涙がこみ上げてこない。

本当に悲しい時は涙が出てこないものなんだろうか。

和音はぎこちなく頬を引き攣らせながら、志紀の腕の中を抜け出ようと腕を突っ張った。

けれど、それを拒むように強く抱き直される。

「謝らなくていい」

「……っ志紀……？」

体が折れそうなほど強く抱きしめられると、志紀の顔が和音の首筋に埋まって少し、震えているようにも感じた。

驚いたけれど、それ以上にそうしなければいけないような気がして、志紀の背中に腕を回す。ぎゅっと制服を握ると、志紀の体重が移されてきた。

「えっ、あ……あの、ちょ……っ、！」

転んでしまわないように堪えようとしても、志紀の体があまりに容赦なく凭れかかってくるとどうしても倒れこんでしまいそうになる。

背中に回していた腕を慌てて離して床についた時にはもう、和音は志紀の部屋の床に寝そべっていた。

首の後ろで、首輪の金具が無機質な音を立てた。

「ごめ、あの……、っ志紀？」

急いで起き上がろうとすると肩をやんわりと押さえられて、志紀の体が覆いかぶさってくる。

目を瞬かせて志紀を仰ぐと、その唇がまた近付いてきた。

「――ん、……っぅ」

顎を上げ、唇を開いて志紀の舌を食むように受け入れる。

何度も唇を掬い上げられるように貪られるとさっきまでと同じように蕩けそうになるのに、苦い気持ちは拭えない。

志紀とこうしていることが心地よくて幸せだと感じれば感じるほど、悲しくなってしまう。

「ん、ふ……っ志紀、……志紀」

顔の向きを変えるために唇が離れてしまうことも名残惜しくて志紀の背中に腕を回すと、あらわになった和音の下肢に志紀の腰がすり寄ってきた。

和音が立てた膝の間に志紀の足が割り込んできて、熱が伝わってくる。志紀のものも、既に張り詰めていた。

「……っ、志紀」

体をすり寄せていて、はしたない気持ちになっているのは和音だけなのかと思っていた。

志紀のものが大きくなっているということを確かめたくて和音が手を伸ばそうとすると、その手を床に縫い止められる。

重ねた唇を尖らせると、志紀がゆっくりと顔を上げた。

「志紀、……僕も志紀の、撫でたい」

それは世話係として必要なことではないかも知れないけれど。

唾液の糸を引いて離れた志紀の顔を仰いで和音がお願いをすると、志紀はいつもの様に微笑むこともなく、小さく首を振った。

「それは、また今度な」

「えっ……」

志紀の体重を感じて少し和らいだように感じた悲しさがまたこみ上げてきて、和音は初めて志紀の傍から逃げ出したいような気持ちになった。

志紀が自分のことを何でも許してくれるなんて驕った気持ちがあったわけではないはずだけれど、それでもショックを感じてしまう。

「和音」

和音が唇を嚙んで視線を伏せようとした時、絞りだすような声で志紀が囁いた。

「……お前、結婚するってどういうことだかわかってるのか？」

「え？」

真剣な声音につられて思わず視線を戻すと、志紀が怖いくらい真面目な顔で和音を見下ろしていた。

「子孫を残すために見合い、――……するんだったよな。知らない奴と」

さっきもそうだった。

知らない人とお見合いをして家のために結婚をするなんて、ただでさえも呆然とするようなことなのに、それを志紀の口から改めて言われるとつらくて苦しくて、胸を掻き毟りたくなる。

和音は息を詰め、声を殺して小さく肯いた。

すると志紀が短く、息を吐いた。

「お前、どうやって子供を作るか知ってるのか？」

「っ！」

突然何を言い出すかと思えば。かっと顔が熱くなった和音が、なんと答えていいか口籠っていると志紀がようやく――無理やり頰を痙攣させるようにして、にやりと意地悪な笑みを浮かべた。

「セックスの仕方、……俺が教えてやろうか」

するりと、志紀の掌が和音の胸の上を撫でた。

腰には未だに志紀の息衝くものが押し当てられたままだ。

和音は大きく目を瞬かせて、口をぱくぱくと動かしながら言葉を探した。

「えっ、？　いや、あの、……っいいよ、あの、……っこれ以上、志紀に迷惑」

「迷惑？　誰が迷惑だなんて言ったんだよ。いいか、お前が立派な犬になるまではお前は俺の犬だ。まだ会ったこともないような知らない奴のものじゃない。俺のものだ」

今は、まだ。

そう言われているだけだとわかっていても、志紀のいつもよりも強い口調が和音の胸を絞め上げる。

たとえ期間限定だとしても、志紀のものだと言われると苦い気持ちが霧散していく。

「お前、俺と結婚したいって言っただろ？」

「うん……、志紀がいい」

そんなこと無理だということはわかってる。和音だってもう子供じゃないんだから。

それでも。

「それなら、俺がセックス教えてやるよ。万が一子供でもできたら、見合いなんてしなくて済むし」

男同士で子供なんてできるはずがない。

志紀のらしくない冗談に笑おうとした時、不意にワイシャツの上から胸を撫でられて和音はびくっと背中を震わせた。

志紀の指先が示した場所から、電流でも流されているように感じる。シャツの上からでもそうなのに、直接触れられたらどうなってしまうのか、想像もできない。

それこそ、セックスなんて——考えるだけでも、気を失ってしまいそうなほどドキドキする。

「どうする？　和音」

体を強張らせた和音の耳に、志紀が甘い囁きを近付けてくる。

胸の上を撫でる手は何かを探るようにゆっくりと円を描いて、やがて小さな突起に行き当たると、それをきゅっとつまみ上げた。

「ん、ぁ……っ！」

背筋を疼きにも似た痺れが走って、和音は体を捩らせた。一度萎えかけたものが力を漲らせて、擦り寄せられた志紀のものを押し返す。

和音は床に押さえつけられた手で志紀の手を握り返した。

「俺と子作り、してみようか」

おそるおそる覗き込んだ志紀の目は、笑ってない。

志紀との子供ができて、お見合いをしないで済んで、志紀とずっと一緒にいられるならどんなにいいかわからない。

「……志紀は、それでもいいの？」

消え入りそうな声で尋ねると、指を絡めるように繋いだ手を床から持ち上げて志紀は和音の指先に唇を付けた。

「いいよ。お前みたいな仔犬だったら、何匹生まれたって構わない」

「……っ、僕犬じゃないもん！」

からかうような声に思わず和音が言い返すと、志紀が短く声をあげて笑った。いつも通りの、屈託のない声だ。

自分でも驚くほどその声にほっとして、同時に志紀への愛しさが胸に突き上げてくる。

繋いだ手を解いて、志紀の首に腕を回す。志紀が首筋に顔を埋めてキスを落としてきた。

「いや、お前は犬だよ。俺の犬。……ほら、こんな嬉しそうに尻尾振ってるじゃないか」

胸の上に伏せられた手にばかり意識を集中させていると、不意に片足を抱え上げられて和音はひゃっと情けない声をあげた。しかもその手が腿の裏側をするりと降りて、尻尾の付け根へと向かっていく。

「ぁ、っちょ……！　し、志紀、だめ、っそこ……！」

また尻尾を弄られるのかと思うと、それだけで下肢がヒクヒクと震えてしまう。

気持ち良いことは知っているのに反射的に逃げを打とうとして和音が床の上の体をくねらせると、それを諌めるように志紀が乳首を捏ねるように押し潰した。

「ん、ぅ……！」

鈍い痛みとともにあまりにも甘い疼きが体の芯をくすぐって、和音は志紀の背中に爪を立てた。

仰け反った体に志紀の膨らみが押し付けられると、無意識に和音は少しでも志紀のものを撫でるようにそのまま体を揺らめかせた。

志紀の手が爪の表面を掠めるように指を立てて、そっと触れるか触れないかほどのタッチで和音の双丘をなぞっていく。

くすぐったいはずなのにどうしようもなく身悶えて、和音の体は何度も波打った。

「し、き……っ志紀、はや、く……っ早く、さわって」

制服に皺が刻まれるほど強く体を擦り合わせ、熱い息を弾ませながら志紀の首筋に頬をすり寄せる。

和音の首筋に伏せられた志紀はどこか、苦しそうだ。

「うん？　どこを触って欲しいんだ？」

「し、……尻尾……」

前でも尻尾でも、どちらでも触れられたらすぐに果ててしまうかもしれない。だけどもう体が熱くて、溶けてなくなってしまいそうだ。

哀願するような気持ちで志紀にねだると、志紀が和音の気持ちを読んだように顔をあげた。

首筋に顔を埋めていたせいか、志紀の顔も紅潮しているような気がする。その汗ばんだ頬に掌をあてがうと、当然のように唇が降りてくる。

和音は目蓋を閉じて、志紀の唇へ舌を伸ばした。それを志紀が口に含んで、吸い上げてくれる。

今日生まれて初めてキスをしたのに、もっと、もっとしたいと思ってしまう。ずっとこのまま離れられなくなればいいのに。

和音が志紀の首に腕を戻して志紀の唾液に喉を鳴らしていると、背後に回された志紀の指先が双丘の谷間を滑り降りてきた。

その指が、和音のやわらかな窄まりで止まる。

「ん、ふ……っん、ん……！」

うっとりと閉じていた目を開いて、思わず首を振る。

そうしている間にも志紀の指先がくにくにと動いて、そこを抉じ開けようとするかのようだ。

「ん、っぁ……や、っ志紀、そこ、ちが……っ！」

最初はなかなか振りほどけなかった唇を——首に腕を回していたままだったからかもしれないけれど——無理やり離して訴えると、鼻先を寄せたままの志紀が片眉を器用に上げた。

「違う？　そんなことないよ」

自分でも触ったことのないような秘所を撫でる志紀の手が、どこかぬるぬると滑って、なんだか変な気分だ。

和音は身震いを覚える体を竦ませて、いやいやと首を振った。

「ち、が……っだめ、だめ……っそんな、とこ、っ」

「駄目じゃないよ、和音。……ここで、セックスするんだから」

低く抑えられた志紀の声が、いつもよりも妖しい響きを帯びてゾクゾクと和音をわななかせる。和音が背筋を震わせるたび、背後に押し当てられた志紀の指先を飲み込んでしまいそうで怖い。

「で、……でも……っ、そんなとこ、汚い……っ」

乳首を撫でていた手が不意に離れたかと思うと、シャツのボタンを開いて和音の肌を暴いていく。

背後の指だけでもどうしていいかわからないのに自分の貧弱な体をあらわにされて、和音は歯噛みした。

「お前の体で汚いところなんかどこにもないって言っただろ？　お前は俺のものなんだから、好きなだけ触らせろよ」

ぶっきらぼうにも聞こえそうな口調で言ったかと思うと、志紀が背中を屈めて顔を下げた。

あまりにうるさいことを言うからキスをすることをやめてしまったのかと、和音がごめんなさいと声を上げようとした瞬間、胸の上にあたたかいものが触れた。

「ひ、ぁ……っ！」

あたたかいというよりは、熱い。

それが志紀の唇だということに気付いた時にはもう、さんざん指先で弄ばれて硬く尖っていた胸のものを吸い上げられていた。

「ぁ、あ――……っし、志紀、っ……っ！　志紀、ぃ……っ」

ぶるぶると体がどうしようもなく震えて、志紀の頭を強く抱いたまま、射精してしまったのかと思うほど硬直する。

実際、射精したのかと思うくらい前からは滴が溢れて和音のワイシャツの裾を汚してしまった。だけどそんなことも気にならない。

やがて志紀が強く吸い上げた突起の先端を舌先で転がし始めると、今度はたまらず和音は体を仰け反らせた。

「ぃ、あ……っ志紀、や、だめ、出ちゃう……っそこ、気持ちぃ……っ！」

緊張と弛緩が繰り返し襲ってくる刺激に身を捩った和音の背後に、ぬるりと指先が潜り込んでくる。

「待っ……！　志紀、やだ、だめ……っへん、そこ……っ！」

志紀の荒くなった呼吸が胸をくすぐる。吸い上げた胸のもう一方を指先で弄られながら背後も同時に探られると、もうどうしていいかわからない。

「い、……っく……、ぅ……ぁ、んぅ……っ」

呼吸もままならなくてしゃくりあげるだけになった和音の顔を、志紀が胸から一度見上げる。気遣わしげな表情で窺いながら志紀がゆっくりと背後の指を抜き挿しし始めると、和音はまた息を詰めて体をビクビクっと震わせた。

「ぁ……！　ゃ、やぁ……っ！　だめ、ん……っふぁ、ぁあ、あ……っ！」

「和音、一回イくか？　つらいだろ」

歯の根が合わなくなって口元を自身のよだれで汚した和音の唇まで、志紀が戻ってくる。和音はその首にしがみついて、啜り泣くような声を噛み殺した。

体の中に、志紀の指が入っている。

そう感じるだけでも恍惚としてしまうのに、その指に体の内側を撫でられると今まで感じたことも
ないような感覚に襲われて自分が自分ではなくなってしまうようだ。

もうずっとイクのを堪えていて、それも苦しくてたまらない。

だけど、和音は必死に首を振った。

「や、だ……っやだ、志紀とセックス、する……っ」

見合いは今度の土曜だと父は言っていた。

いきなり結婚ということではなくても、この先自分がどうなっていくのか和音にはわからない。つ
いこの間までは自分にこんな耳と尻尾が生えるとも思わなかったのだから、明日状況がどうなるか断
言できる人はいない。

志紀とこんな風に繋がることができる機会は、今日だけかもしれない。

一日経ったら志紀が考えなおすかもしれないし、単純にタイミングがあわないかもしれない。

子供なんてできなくてもいい。結婚ができなくても、志紀にとっては血筋で決められたお役目にし
か過ぎなくても、志紀と一つになることができれば。

「……まったく、本当にお前は……」

ふと息を吐くように、志紀が笑った。

呆れたのかもしれない。だけど床に腕をついて上体を起こした志紀の顔は優しくて、和音は思わず見惚れた。

「じゃあ、挿(い)れるぞ？　……キツかったら、ちゃんと言えよ」

和音の上に跨(また が)った格好で大きく深呼吸をしてから、志紀はようやく自身のスラックスに手をかけると前を開いた。

志紀と最後に一緒に入浴したのはいつか覚えていないけれど、そんなところ意識して見たこともなかった。きっと入浴していた時とは違っているんだろう。もちろん、自分のものも。

「ああ、あとそれから……――あんまり早くても、笑うんじゃないぞ。そんなの、今日だけだからな」

下着から掬い出されるものを見たいような、恥ずかしいような気持ちで和音が迷っていると、志紀がばつの悪そうな表情で覆いかぶさってきた。

志紀がどうでも笑うわけがないけれど、さっきまで自分も同じことを考えていたと思うと志紀の背中をぎゅっと抱きしめたくなった。

「……俺だって、我慢してたんだ」

和音が幸せを噛み締めながら志紀に抱きついた瞬間、耳元で志紀が何事かつぶやいたような気がした。

衣擦(きぬ ず)れの音でうまく聞き取れなかった。聞き返そうとして背中を抱く腕を緩めた、その時、熱い濡れたものが和音の下肢に触れた。

「……っぁ、」

思わず目を瞠って、息を呑む。

志紀が和音の頭を抱いて体を強張らせた。

「んぁ、あ……っぁ、あ……っ、入っ、て」

熱が、入ってくる。

和音の媚肉を押し拡げ、さっきまで指で撫でられていた部分がごつごつとしたもので支配されていく。

「和音、……っ和音、痛くないか、……大丈夫か」

和音の顔を覗き込んだ志紀のほうが、よほど苦しそうだ。

痛みなのか熱さなのかはまだわからないけれど、和音は今まで見たこともないくらい眉を顰めた志紀のほうを助けたくて、何度も肯いた。

「だいじょ、ぶ……っ志紀の、入っ、てる？」

そう言った和音がどんな顔をしていたのか知らない。志紀はまるで泣き崩れるかのように顔をくしゃっと歪めて笑って、和音の頬を濡らしている涙か汗かよだれかわからないものを掌で拭ってから、何度も口付けた。

「うん。入ってる。……めちゃくちゃキツくて、千切れそうだけど」

「っ、ご、ごめ……っ！　し、志紀のほうが痛い、よね」

どうしたら志紀が楽になるのかわからなくて、和音は慌てていきんだり呼吸を整えようと努めた。だけどそのたびに志紀のものが体内で動いて、とても平静ではいられない。

ひとりでに動いてしまうものはきっと志紀にもどうすることもできないんだろう。和音のものだって、もうずっと触られてもいないのに腹の上でぴくぴくと跳ねるように動いては滴を垂らしている。

なんとかして志紀を楽にしてあげようと思うのにうまくできない和音の様子を見下ろした志紀が、ふはっと気が抜けたように笑い声をあげた。

「ありがと、和音。……お前本当に、可愛いな」

大きく呼吸をした志紀が両手で和音の頬を抱いたまま、唇から鼻先、頬、目蓋の上、垂れた犬耳へと点々と口付けを落としていく。

可愛いなんて、志紀に言われたのは初めてかも知れない。

先輩や同級生、後輩の女子にもそう言われてからかわれたことはあるけれど、それらとは違う響きを帯びた志紀の囁きは和音の心を苦しくさせて、体がひとりでにヒクヒクと動いてしまう。

「え、ぁ……っ志紀」

どんな顔をすればいいのかもわからないうちに、体内に埋められた熱い硬直がじんじんと和音の体を蕩けさせていくように感じられてきた。

「可愛くて可愛くて、……」

「ん、ふ……っぁ、し――……志紀っ、待っ」

志紀の声を聞いていたいのに、ゆっくりと志紀の腰が抽挿を始めるととても声を抑えていられない。さっきまでは苦しいくらいにしか感じていなかったものが、今は志紀が腰を引くだけでそれを追ってしまいそうになる。

律動に合わせてひとりでに動いてしまう腰を、志紀がもう一方の足も抱えて更に引き寄せる。熱い塊がもっと奥まで突き入ってくると、和音は高い嬌声を上げて体を波打たせた。

「和音、……っごめんな、余裕、なくて」

苦しげだった志紀の息が荒くなり、それに合わせて深々と埋め込まれたものの抽挿が激しくなる。打ち付けるような腰の動きに和音は尻尾と性器を揺らされながら、志紀の背中に夢中でしがみついた。

「ひぁ、っあ――……っあ、志紀、っ志紀ぃ……っ奥、ゃあ、あ……っ！　イっちゃ、……っも、イっちゃう、イっちゃ、っから……！」

体の奥を志紀が突き上げるたびに頭の中が爆ぜるように白く明滅して、体中が痺れたように痙攣する。奥が嫌だと言いながらも志紀に突いてもらいたがって体を捩らせると、志紀は和音の腰を両手で摑んで激しく揺さぶった。

「んぁ、あ、あ……っす、ご……っゃ、あっ志紀、志紀っイっちゃう、僕、もぉ、イっちゃう、ぅ……っ！」

志紀と繋がった下肢からはしたない蜜の泡立つような水音が響いてくると和音は恥ずかしさで首を

振った。だけどそのいやらしい音さえもどうしようもなく快楽を覚えさせて、和音は四肢を突っ張って何度も精を噴き上げた。

「――――……っあぁ、……っ俺も、出すぞ、和音……っ」

断続的に射精を繰り返す和音の腰を強く引き寄せた志紀が、唸るような声で言った。もはや意味も理解できないまま、夢中で何度も肯きを返す。

和音の腰を摑む志紀の手が、指が食い込むほど強くなる。それでも和音は痛みより志紀に拘束される悦(よろこ)びに打ち震えていた。

和音の中のものが、一際大きく膨れ上がる。体の中が志紀で一杯になるような錯覚に陥った和音が大きく身震いをした瞬間、弾けたように熱いものが体内に広がっていく。

「ぁ、あ――――……っ！」

既に絶頂にあったところへ志紀のものを浴びせかけられた和音は、声もなく体を大きく仰け反らせた。もう噴き上げるものも残っていないのに、志紀と一緒にイったような、そんな気がする。

残滓(ざんし)の一滴まで注ぎ込もうとするかのように志紀はしばらく和音をきつく抱いたままでいた。和音もその腕の中で余韻を残したように何度も痙攣して、上がってしまった息を弾ませる。

窓の外はまだ陽(ひ)が高く、学校では昼休みにもなっていないだろう。

和音は首筋に顔を埋めたまま抱きしめる腕をぎゅっと強めた志紀を、そっと抱き返した。

「――……志紀の赤ちゃん、できるかな」

最初に口を開いたのは和音のほうだった。
半分は冗談だけれど、もう半分は願いをこめて。
和音のつぶやきにようやく顔を上げた志紀が、困ったように笑った。

見合いといってもお互い若く、実際の結納は数年後ということもあり顔合わせ程度のものとなった。場所は和音の家で、服装も普段着でいいと事前に父から言われていた。とはいえまったくいつもの通りでいいというわけにいかないし、かといって気乗りのしない見合いのためにめかしこむ気にもなれない。

気にしないようにしようと思っても三日前からそわそわしだした和音を、志紀は見てみないふりをしてくれていた。

知らないふりをしていても気付いていたんだということがわかったのは、金曜の放課後になって志紀が突然「制服でいいんじゃないか」と言い出したからだ。

「制服？」

他の同級生ほど着崩してもいないしあまり体を動かすのが得意な方でもない和音の制服は、それほどくたびれているというわけでもないけれど二年間着ていただけの使用感はある。

確かに制服は礼服でもあるし、見合いの席で着るには学生としてもっとも相応しいかもしれないけれど。

「うーん……」

「なんだ、嫌なのか？」

大きく首を傾げた和音に、志紀が不服そうに眉を顰めた。

志紀の言うことはもっともだ。和音だってその選択肢を考えなかったわけではない、けれど。

「……あんまり、やだ」

「なんだそりゃ」

正しい日本語を使え、と志紀は和音の頭を小突いて笑った。和音もふざけて笑い返す。

制服には志紀が空けてくれた尻尾の出る穴もあるし、制服には志紀と過ごした毎日の楽しい思い出が染み込んでいる気がする。

それこそ初めて下肢を撫でられたのも、キスをしたのも、セックスをしたのだってこの制服を着ていた時だ。

だから、制服を着る気にはなれなかった。

「もう、パジャマとかでいいかな」

「馬鹿か」

盛大にため息をついて呆れた志紀の背中を追いかける。

冗談だよと言うと当たり前だと慣れ親しんだテンポで返ってくる声に、和音ははしゃいだ声で笑った。

明日にはいつか結婚するかもしれない人と会って、何の話をしていいかもわからないのに、いつものように笑っている自分が不思議な気分だ。

「和音」

家の前で足を止めて、志紀が振り返る。

空はもう日が暮れて、志紀の家からは夕食の支度をするいいにおいが漂ってきていた。

「うち、寄っていくか？」

外灯のないこの辺りは薄暗くて、志紀の表情は判然としない。

唇は微笑んでいるように見えるけれど、目は寂しそうにも見える。

和音はむず痒さを覚える頭に触れて逡巡したあと、小さく首を振った。

「……ううん、今日はやめとく」

初めてセックスをした後、志紀としたのは一度だけだ。

この数日間、耳が生えてこなかった日は一度もなかったけれど一人で処理をして、収めてきた。

志紀に会えば頭はすぐにむずむずとしてきて、胸はドキドキと高鳴って、その胸に抱きついて、躾をして欲しいとねだってしまいたくなる。

だけどこれ以上志紀に甘えたら、和音の気持ちが止まらなくなってしまう。

どんなに好きになったって、和音は明日会う人と結婚することになるのだろうから。

「そうか。じゃあ、またな」

生えてきそうになる犬耳を、髪をぎゅっと引っ張ることで抑えた和音に志紀が緩く手を掲げる。

「うん」

和音がぎこちなく笑ってみせると、志紀はいつも通り――あっけなく踵を返して、自分の家へ帰っていく。

その後姿を見つめながら、和音は唇を嚙んだ。

シンプルなカットソーにカーディガン、細身のデニムを履いた和音の姿を見て父は特に何も言わなかった。

昼過ぎに訪ねてきた先方は白いカーディガンを着た華奢な女の子で、宇佐美志穂(うさみしほ)と名乗った。付き添ってきたのはご両親ではなく、長い髪を背後で一つに結った、背の高い男性だった。

「申し訳ありません、両親は他界しておりまして」

そう言って菓子折りを差し出した男性は彼女の兄だそうで、特に訛(なま)りもなく、細身で都会的な雰囲気さえある。

傍らの父を窺うと、事情は知っていると言わんばかりに黙って肯くだけだ。

この場で、戸惑っているのは和音だけなのだろうか。

志穂という少女――和音の一つ歳下(としした)ということらしいが、ただでさえ小柄な和音よりも更に小さく見えるから本当に少女のように見える――は視線を伏せたまま、ほとんど微動だにしない。よくできた人形のようだ。

肌は抜けるように白く、もともと色素が薄いのか髪も自然な明るい色をしている。真(ま)っ直(す)ぐで艶(つや)や

かな髪は腰まで伸びていて、彼女が傍らの兄を見上げるたびにサラサラと音をたてるようだ。睫毛が長く、化粧をしている様子はないのに唇がほんのりと赤い。

彼女が和音の学校にいたら美少女だと持て囃されて人気があるに違いない。実際、彼女が通っている学校では人気があるだろうと思った。

見合い自体に大して興味を持てない和音と、どこかぼんやりとそこに座っているだけの少女、どちらの気持ちも置いてけぼりのまま、頭上では父と彼女の兄が話を進めている。

その会話によれば宇佐美家は兎の獣人家系ということで、歴史は神尾家と同じくらい古いのだという。

地域の獣人たちは軒並み力を失っていて、純血を保っているのは彼女だけらしい。

隣にいる兄その人がそう話すことに疑問を持って和音は一度彼の顔を仰いだが、口を挟める雰囲気ではなかった。

「和音」

居間で正座をしているにも足が痺れてきて、気を抜いたらため息が零れてきそうになってきた頃不意に父に呼びかけられて和音は背筋を伸ばした。

「志穂さんと庭で話でもしてきなさい」

後は若い人同士で——という、お約束の展開だろうか。

和音の知らない獣人家系の話を聞いていてもあまりピンとこないし、庭に出るのは構わない。だけど、彼女がどう思うのか。

おそるおそる和音が見遣ると、赤みがかった目をした彼女と視線があった。

その表情は読み取れなかったけれど。和音は父に肯いて見せて、畳から腰を上げた。


「ええっと……今日はわざわざ、すみません」

和音が庭に出ると彼女は物も言わずついてきた。

居間に面した大きな窓からは、見ようと思えば二人の様子が保護者たちに見えるのだろう。

まだ宇佐美兄妹が訪ねてきて二時間も経っていないのに和音はどっと疲れた気がして縁側に座り込んだ。

「いいえ」

和音が腰を下ろすと、彼女もそれに倣う。

視線は相変わらず伏せられたままだけれど、初めて彼女の声を聞いた。鈴を転がしたような声というのだろうか。涼やかで、か細い声だ。

和音は背後の窓をちらりと窺った。

父たちの視線はこちらを向いていない。会話も聞こえてこないところを見れば、大きな声でなければこちらの話し声も聞こえないのだろう。

「あの、……ちょっと疑問に思ったんですけど」

声を顰めた和音が無意識に肩を寄せると、華奢な肩がびくりと震えて距離を開けた。

「っ、！　すいません」

慌てて、飛び退く。

和音が縁側から降りたことで何故か彼女もそれに従って立ち上がった。

まだ会ったばかりで親しくもない――それだけじゃなく、いつか結婚するかもしれないという意識せざるを得ない相手に対して、不用意に近付くのは不躾すぎた。

「すみません」

吹き抜けていく風に乗って、彼女の小さい声が聞こえてくる。

所在なさ気に立ち尽くした彼女は体の前で自分の手をぎゅっと握りしめていた。その手が少し、震えているようにも見える。

「……兄以外の男性と、あまり接したことがないので」

長い髪で顔を隠して深くうつむいた彼女に、和音は驚いて目を瞬かせた。

「そんな、……あの、僕なんて学校の女子に男には見られないとかよく言われるくらいで！　だからあの――……」

気にする必要はないなどといつもの調子で自虐的なことを言いかけて、慌てて口を噤む。

仮にも見合い相手に男として意識する必要はないだなんて言うのは、さすがにどうだろう。いくらこの見合いに乗り気じゃないとしても。

「あ、ええと……」

わざとらしく咳払いをして言葉を濁した和音は、庭の桜の木を見上げた。まだ花も咲いていないし、特に意味はない。彼女とどうしていいかわからなかったからだ。

「――……なんですか？」

たっぷり間が開いた後で、彼女がまるで何事もなかったかのように平坦な声で尋ねた。

和音のミスを笑ってでもくれたらまだ気が楽になるのに。それほどに彼女は緊張しているのかもしれないけれど。和音もいたたまれなくなってしまう。

「えっ？」

「疑問に思ってるって……」

相変わらず強張った表情を浮かべた彼女が、唇だけを小さく動かして言う。

和音になんて微塵（みじん）も興味があるようには見えないけれど、彼女も、この無為な時間を潰したいと思っていたのかもしれない。

「あ、あの……失礼な質問だったらいいんですけど……。宇佐美さん……のお兄さんは、純血ではないんですか？」

窓硝子（がらす）越しに居間の様子を窺いつつ、和音は声を顰めた。

純血というのが何を指しているのかはわからない。ただそう話している彼女の兄が誇らしげで、父が押し黙っていたことが気になった。

子孫を残すために今時見合いをするくらいなのだから、血の保存というのはきっと大事なことなんだろう。

お兄さん、と和音が口にした時彼女の頬がぴくりと震えたように見えた。それに気付いて和音が視線を戻すと彼女も居間を覗いている。

その視線が切なげに見えて、和音は目を疑った。

「……私と兄は母親が違いますから」

小さく、つぶやくような声だった。まるで胸が抉(えぐ)られるような。

和音は一瞬、言葉を失った。

気のせいかもしれないけれど、その時なぜだか彼女の心がまるで自分のもののようにわかるような気になった。

恋しくて、離れたくなくて、だけど家のために離れなければいけない——諦観(ていかん)。

まさかという気持ちで和音は目を瞬かせ、彼女と、彼女の視線の先にいる兄の姿を交互に見た。

「あ、の……もしかして——」

「私を嫁がせて宇佐美家を継いでいくのは兄です」

和音の言葉を遮った彼女の声が初めて、凛と大きくなった。決して先を言わせまいとするように。

彼女の意思は既に固まっているようだ。和音とは違って。知らず息が詰まった和音は、胸の上をぎゆっと押さえた。

「そうでなければ兄は——……宇佐美家を継ぐことができません。完全な獣化もできないし……」

ざっと一際強い風が吹くと、彼女の表情がまた掻き消えてしまった。

だけどさっきまで感じていたような緊張感はない。ただ、彼女が自分の感情を深く深く押し隠してしまった様子だけが見て取れる。

彼女はずっとそうして、自分の気持ちを押し殺してきたのだろう。

「——……完全な獣化？」

華奢な少女の強い意志を感じる表情に一瞬見惚れていてから、ふと気付いて和音は無意識に聞き返していた。

弾かれたように、彼女も和音を仰ぐ。その目に赤みがさしている。

「ええ。……こちらは犬の大神なのでしょう？　あなたは完全な犬の姿になれないんですか？」

「えっ？」

思わず漏れてしまった声を、慌てて手で塞ぐ。

そんな姿になれるなんて、聞いたことがない。父からも、志紀からも。

一瞬信じられないものを見たように目を瞠った彼女の表情が、見る見る曇っていくのがわかった。

ショック、呆れ、絶望、いろんな感情が読み取れる。

「あ、——あの……僕まだ、ついこの間獣人として発現したばっかりで……あの、全然自分のことも、知らなくて」

そんなの言い訳にならないし、そもそも言い訳を必要ともしないのに思わず早口でまくし立てた和音に、少女がやがて小さくため息をついた。

まるですべてを諦めたかのような重いため息だった。

「……それでも、私はあなたに嫁ぐしかありません」

自分に言い聞かせるような声で小さくつぶやいた彼女が踵を返して、玄関先へ戻っていく。

庭に一人取り残された和音は、まるで深い穴蔵の底に立っているような気持ちで愕然(がくぜん)としていた。

それから後のことは、よく覚えていない。

居間に戻るとやはり彼女は心ここにあらずといったように黙って視線を伏せていたし、和音も父たちの会話に混ざろうとは思えなかった。

彼女は隣の兄を一度も振り仰ぐことはなく、和音もいたたまれない気持ちで膝の上で拳を握りしめていることしかできなかった。

見合いの席は結局二時間程度でお開きとなり、今日はホテルに泊まるという宇佐美兄妹を和音は家の外まで見送った。

「今日はすみませんでした、和音くん」

タクシーに乗り込む間際、彼女の兄――宇佐美家を継ぐという純血ではない獣人の彼が、困ったような笑みを浮かべて声を潜めた。

「え？」

「志穂は愛想のない子でしょう。気を悪くしたんじゃないかと思って」

先にタクシーに乗り込んだ彼女は、和音に挨拶（あいさつ）の一つもなかった。和音も、期待はしていなかったけれど。

「え？　いえ……あの……そんなこと、」

和音が驚いて首を振ると、気を使ったとでも思ったのか、彼は困ったように眉尻を下げて笑った。

もし妹が愛想のない少女のように見えているとしたら、それは想（おも）いが強すぎるせいだ。本気であればあるほど隠さざるをえないのだろう。

和音が自分のことのように痛む胸を押さえて視線を伏せると、不意に髪を撫でられた。

驚いて顔を上げる。眦（まなじり）の垂れた赤い目が和音を見つめていた。

「ぜひ、今度うちの方にも遊びにいらしてください。あまり気負いせず、友人として何度か会っていれば自然と仲良くなれるかもしれません」

確かにそうかもしれない。

だけどお互いの気持ちが通い合うことはないだろう。少なくとも、恋や愛という類のものでは結ばれない。

彼がそれに気付くことはないのだろう。和音は曖昧な笑みを浮かべて小さく肯いた。

「兄様」

タクシーの中から感情の読み取れない平坦な声がする。

「おっと、ごめん。……じゃあ和音くん、また。今日はどうもありがとうございました」

妹の様子には慣れた様子で、彼は和音の髪をもう一度撫でてタクシーに乗り込んだ。

閉まるドアに、黙って頭を下げる。

タクシーがゆっくり発車すると、和音はようやく重圧から解き放たれたような気がしてその場に座り込みそうになった。

「和音」

タクシーのテールランプが住宅地に消えるより早く、隣の家の門が開いて志紀が顔を覗かせる。

家の中で様子を窺っていたのだろうか。

見合いが終わるのを見計らって様子を見に来てくれたというだけで、胸が詰まる。志紀の顔を見た瞬間どっと安堵(あんど)が押し寄せてきて、和音はそのままへしゃがみこんだ。

「志紀～……」

ここが外じゃなければ、そのまま寝転んで手足を思う存分放り投げてしまいたいところだ。だけど和音がそうするよりも早く志紀が慌てて飛び出してくるとしゃがみこんだ和音の腕を摑んだ。

「お疲れ。意外と早かったな」

和音にとっては一分が一時間にも一年にも感じられたけれど、終わってみたら二時間だった。見合いとして妥当な長さなのかどうかもわからない。

和音は腕を摑んだ志紀の力に任せて引きずられるように立ち上がると、小さく唸り声だけを漏らした。それを聞いて、志紀が屈託なく笑う。

「ともかく終わったな。よく頑張ったよ」

この先のことはわからないけどと言いたくなって、和音はぐっと飲み込んだ。志紀だってきっと同じようには思っているだろう。

だけどとにかく今日のことは終わった。次に会う日が未定なら、それまでは見合いのことは考えないほうが良い。

いつもなら問題を先延ばしにするなと自分を叱咤するところだけど、少なくとも今日だけは終わったんだと思いたい。

「お見送りするところ、見てた？」

志紀がいつから和音の様子を窺っていたのかはわからない。

まるで人形のように綺麗な見合い相手も見ていたのだろうか。

和音がおそるおそる尋ねると、志紀は一瞬表情を曇らせてタクシーの走り去って行ったほうをちらりと見遣った。

「ああ、うん。一緒に来てたの誰だ？」

「僕の見合い相手の、……お兄さんだって。ご両親が亡くなってるらしくて」

ふうん、とつぶやいて、志紀が双眸を細める。思わず背筋が寒くなるほど低い声だった。

「……志紀？」

あまりに不穏な空気に驚いて目を瞬かせると、はっと我に返った志紀が、摑んだままだった和音の腕を離した。別に強く握られたわけではないし、離さなくても良かったのに。

和音が離された腕を見下ろしていると、不意に志紀が両手で頭をぐしゃぐしゃと掻き混ぜるように撫でてきた。

「っ、！　ちょ、っ志紀やめてよ……！」

乱暴に撫でくりまわされると、和音は思わず声をあげて笑いながら志紀の胸に凭れかかった。

髪が縦横無尽に乱れると、前もちゃんと見えない。凭れかかった志紀の胸を拳で叩くと、志紀も笑っている。

「馬鹿、お前が他の奴に好き勝手に頭撫でさせるから、お仕置きだ」

「頭？」

志紀を叩く手を止めて首を捻ろうとすると、ようやく髪を掻き混ぜる手が止まった。

前髪を掻き分けて、志紀の顔を仰ぐ。

「お見合い相手のお兄さんとやらに撫でさせてただろう」

自分でぐしゃぐしゃにした髪を丁寧に梳かし撫でつけながら、志紀はどこか不満そうにしている。

確かに、撫でられたかもしれない。

宇佐美は志紀よりも更に背が高かったから和音の頭が撫でやすい位置にあったのか、あるいは兄だから、和音を弟のように思ったのかもしれない。

実際、和音が本当に結婚するとなれば彼の義弟になるというわけだ。

「……和音？」

髪を直した後で、自然とうつむいてしまった和音を志紀が心配そうに覗きこんでくる。

志紀に思う存分撫でられた頭はむずむずとしてきて、今にも耳が生えてきそうだ。

和音は一度口を開いてから言い淀んで、唇を噤んでから志紀の胸に顔を埋めた。

「どうした？　次期当主様」

背中に腕を回してぎゅっと抱きつくと、志紀が頭上で茶化すように笑う。

和音はその背中を力なく叩きながら額を擦り付けるように首を振った。

和音はまだ当主じゃない。父は元気だし、もし結婚が実現するとしてもまだずっとずっと、先の話だ。

「……今はまだ、志紀の犬だもん……」

くぐもった声で、志紀に聞こえなくても良いような声でつぶやいた。

志紀は困るかもしれないけれど、いつまでも躾なんて終わらなければいい。立派に自立して志紀に恩返しもしたいし褒められたいと思うけれど、志紀の手を離れたくもない。

涙がこみ上げてくるのをぐっと堪えていると、和音の頭が今度はそっと優しく撫でられた。髪の毛先をあやし、髪を梳き、耳朶に指先を掠めさせる。志紀は和音が身動ぐまでいくらでもそうしてくれるかのようにゆっくりと、何度も撫でてくれた。

「なんか、……眠くなってきた」

緊張が解けたせいだろうか。あるいは、志紀のにおいを胸いっぱいに吸ったせいか。両方かもしれない。

和音が欠伸を嚙み殺しながら顔を上げると、志紀の掌が頬に滑り込んできた。

「お前、最近ちゃんと寝てなかっただろ？　緊張してたのかもしれないけど」

「！」

まさか、志紀が気付いているとは思わなかった。

夜には自室の電気は消していたし、学校で居眠りをしていたわけでもない。志紀も何も言わないから気付かれていないと思っていたのに。

眠れなかった理由はいくらでもある。

見合いに対する不安ももちろんあったし、父がこんなに長く家に滞在することも最近はめったになかった。父と生活することに慣れていない和音はそれだけで緊張するのが癖になっていた。

「頑張りすぎんなよ」

ふと表情を綻ばせて笑った志紀が、和音の頬をそっと撫でる。

和音の中にこみ上げてくるものが理由のわからない涙なのか、あるいは恥ずかしい欲なのか知れない。頭に耳が生えてきそうなのを堪えながら、和音はまた志紀の胸に顔を埋めた。

「――……志紀、今日泊まっていい？」

今日あったことや感じたこと、自分の劣等感や落ち込んだこと、志紀には話さなくても、傍にいるだけで癒やされていくような気がする。

父には、志紀の家に泊まるといえば反対もされないだろう。もともと、父子の絆なんてないような人なのだから。

「いいよ」

ぎゅっと志紀に抱きついた腕を強くした和音の頭上に鼻先が降りてくる。

背中をやんわりと抱き返されると、尻尾の生え際がむずむずっと疼いた。

「ああ、でも……」

思い出したような声に和音が顔を上げると、志紀に額をちゅっと短く吸い上げられる。

「！」

まだ、外は明るい。誰に見られるかもわからないのに。

顔を熱くさせた和音が額を抑えて離れようとすると、志紀がその背中を拘束して乱暴に抱き寄せた。

双眸を細めた志紀の唇には、意地悪な笑みが浮かんでいる。

「――今日は父さんも母さんもいるから、声は抑えろよ？」

妖しく濡れた志紀の囁きが耳朶をくすぐると、瞬間、堪えきれなくなった和音の犬耳が飛び出した。

それを見て喉の奥でおかしそうに笑う志紀に手を引かれて、家の中へと促される。

やっぱり躾をするんだろうかと胸が高鳴るほど尻尾が振れて、体が熱くなってくる。

「おいで、和音」

志紀がまるで急(せ)かすように手を引く。その強さが、志紀も早く躾をしたがっているように思えて和音は胸が苦しくなった。


志紀の家の扉を潜(くぐ)った時、ふと気になって和音は一度だけ背後を振り返った。

目には見えないけどどこか遠くのほうで、車が走り去って行く音だけが聞こえた。

古ぼけた写真には、大きな犬が映っている。

大きな犬と一口にいっても、和音が今まで見たこともないほどの大きさだ。大型犬というより、狼の妖怪と表現したほうが正しいような気がする。

体毛は銀に近い白色で、耳は大きくピンと立っている。長い鼻面には皺が寄って、何かを威嚇しているのだろうか、鋭利な牙を剝き出しにしている。

太い四肢に黒光りする爪を携えた姿はカメラの外に映った何者かに今にも飛びかかっていきそうで、和音は恐怖を覚えた。

背景は、見覚えのある庭だ。他でもない、自分が生まれ育った家の庭で、毎日見ているのだから間違いない。

和音が中学生の頃にあった台風で倒れてしまった大きな桜の木は、写真の中ではまだ元気に葉を伸ばしている。その隣にあるのは、今でも健在の松の木だろう。

和音は写真を覗き込んでいた顔を庭に向けて、松の木を確かめた。

枝ぶりを見る限り松の木は大きくは変わってないように見える。だとすると、この犬の大きさは和音の肩ほどの高さに頭があるような、大きな犬だ。

「……これが、父さんの完全に獣化した姿？」

畏れとも興奮ともつかない気持ちで、ため息しか出てこない。

正面に座った父はなんともない顔をして平然と肯いている。

「こっちには、うちの母さんと映ってる写真が……ああ、あったあった。これ」

「うわ、本当だ」

貴重な写真を持ってきてくれた志紀と一緒にアルバムをめくると、地面に伏せた大きな犬の傍らに若い頃の志紀の母親が映っていた。

さっきの写真のような剣呑さはなく、犬は不機嫌そうに前足を交差させて顎を乗せていた。

「母さん若いな」

志紀にとっては、大して驚くべき写真ではないのかもしれない。犬の姿をした和音の父よりも、自分の母親の若さのほうが興味深いとでもいうように笑っている。

隣に座っている志紀の母親は、二十歳やその頃に見える。もしかしたら十代の頃かもしれない。

和音にとってはそのことのほうが衝撃で、とても笑うことなどできなかった。

「和音？」

「……僕もこんなふうになれるのかなあ」

この写真に映っている父が二十歳だとして、和音が三年後までに完全獣化できるようになるとは思えない。

もし今のままで完全獣化したとして、狼と見紛うばかりの父の姿とは比べ物にならない、ただのビーグル犬のようになりそうだ。

もちろん体躯だってこんなに大きくならず、獣化しても志紀に守られるような犬になりそうだ。

「和音、お前耳と尻尾の発現は自由に操れるようになったのか」

腕を組んで眉を寄せた父が、自信なさ気な和音を見かねたように口を開く。

和音は思わず姿勢を正して顔を上げてから——隣の志紀を盗み見て、ゆるゆると首を振った。

未だに志紀に会えば頭がむずついて、それを察した志紀にちょっと耳元でからかわれるとすぐに耳が生えてきてしまう。たぶん志紀は、それを和音がコントロールできるようになるためにいつもからかってくれているのだろうけれど、今のところ全戦全敗だ。

「耳と尻尾も思うようにできないようでは、獣化はまだ先の話だな」

そう言って緑茶を啜った父が小さく息を吐くと、和音は背中を丸めて項垂れた。

確かに、父の言う通りだ。

獣人にとってはきっと耳と尻尾の発現なんて初歩中の初歩で、聞いたところによると父は中学に上がる前から犬耳の生えた子供だったらしい。和音はそれ以下だということだ。

父が呆れても仕方がない。

「和音は、獣化できるようになりたいのか？」

うつむいてしまった顔を覗き込んだ志紀が、そっとテーブルの下で和音の膝に触れた。昔から和音が父に叱られるたびにしてくれたように。

和音は小さく笑って、志紀の手を握り返した。

「そりゃあ、まあ……なんとなく、だけど」

曖昧(あいまい)に肯いてみたものの、和音は宇佐美志穂の冷ややかな眼差しを思い出していた。

彼女にどう思われようと心が痛むものではないけれど、彼女だって好きこのんで結婚するわけでもなければせめて誇れるような相手のところに嫁ぎたいだろう。

どうせ結婚が避けられないものなら、せめて仲良く過ごしたい。

母の記憶がほとんどない和音だからこそ、余計にそう思うのかもしれない。

自分が結婚するなんて、未だに想像もできないことだけれど。

「志紀、修練はしているのか？」

「してますよ」

はっとして和音が顔を上げると、志紀が繋いだ手をきつく握ってきた。

まるで和音は口を出すなと言われているようだ。

だけど、和音が結果を出せないことを、志紀のせいにされては堪らない。

「遊んでいるだけなんじゃないのか。子供の頃とは違うんだぞ」

父が渋い顔をすると、志紀もすっと目蓋を落として双眸を細めた。思わず和音は志紀の手を振り解いて、テーブルに手をついた。

「し、志紀は悪くないんだよ。僕が、頑張ってないだけで――」

「お前は黙ってろ」

和音が身を乗り出して訴えると、父と志紀両方の視線が一斉に向けられた。背中に冷たい汗が滲む。とても黙っていられるようなことではないのに、志紀にまで冷たい視線を向けられては立つ瀬がない。

「志紀、お前は昔から和音に甘いところがある。無理をさせないようにと手を抜いているんじゃないだろうな。発現をしたからにはこいつには相応の――」

「手なんて抜いてませんよ。ただせっかく発現したものを無茶させて体でも壊したらどうするんです？　おやじ様は教育の才能はないのだから、犬養に任せておいてくれませんか」

「し、志紀」

顎先を上げて父を見下すように睨めつける志紀の表情は不遜で、和音は隣にいるのが怖くなるくらい肝が冷えていくのを感じた。

昔から志紀が父を苦手だと思っているような気はしていたけど――それは神尾家と犬養家の関係を知ってから、そのせいだったのかと思っていたのに。

この様子じゃ、まるで喧嘩を売っているかのようだ。

慌てて傍らの志紀の腕を掴もうとすると、父の視線が突き刺さるように感じた。

「和音。犬養家は神尾の者にとってはいわば従者にすぎない。馴れ馴れしくはするなよ」

「っ、父さん！　僕はそんな――……！」

志紀を従者だなんて思えるはずがない。

和音は父の視線を振りきって志紀の腕を摑むと、首を振って顔を伏せた。

劣っているのは志紀よりも自分のほうだし、兄妹みたいに育ってきた志紀と主従の関係になんてなるはずがない。

それに志紀は和音のことを躾けてくれているのだから、どちらかといえば主は志紀のほうだ。

「和音、気にするな。うちが獣人の家に仕える家柄だっていうのは本当だ。俺はお前の従者だと思っていていい。……おやじ様のいうことを聞く気はないけどね」

いつも通りのやさしい手つきで和音の頭を撫でてくれた志紀が声を潜めると、父の眉尻がぴくりと動いたように見えた。

「神尾家の当主は私だ」

「和音を発現させたのは俺ですよ」

決して声を荒げない二人の淡々としたやり取りが和音の心を軋ませて押し潰されるように感じる。

どちらが悪いとも言えない限り、どちらに引いてくれとも言えない。

和音ができの良い跡継ぎだったらこんな問答にならなかったんだろうと思うと、消えてなくなりたくなってくる。

摑んだ志紀の腕に縋って、和音は一刻も早くこの息の詰まるような時間が過ぎ去るように願うしかなかった。

「あなたは和音は発現しないだろうって諦めてたでしょう。だから獣人の話もしなかった。それを、発現したからって掌を返したように和音を我が物顔でいいようにしないでもらいたい」

吐き捨てるように言うと、耐え切れなくなったように志紀が腰を上げた。

組った腕を振り解かれたように感じた和音が反射的に顔を上げると、困ったように苦笑した志紀の視線がこちらを窺っている。

父の手前、おいでとも言えないのかも知れない。

和音が板挟みになっていることを志紀は気付いている。きっとあとでごめんなと謝られるんだろうと思うと、和音は小さく首を振って、志紀と一緒に立ち上がった。

隣に立った志紀の肩が、安堵したように小さく息を吐いた。

「和音をあなたの都合で疲れさせないでください。俺はあなたと違って、小さい頃からずっと和音を見てきてるんです。無理をさせれば熱を出すし、心労も溜め込みやすい。こいつのペースに合わせて修練できるのは俺だけです。おやじ様だって、口を出すことはできませんよ。失礼します」

おいで、とは志紀は言わなかった。

言わなかったけれど、そう言われたような気がして和音はアルバムを抱えた志紀の後をついて居間を飛び出した。

障子を閉める前に父に頭を下げたけれど、父はこちらを見ようともしなかった。

「志紀、……あの、ごめんね」

どう切り出していいかわからないまま、志紀の部屋まで来てしまった。

アルバムを返す際、志紀の母親は何も言わなかった。和音が発現したということにもう気付いていたのか、あるいは志紀が話していたのかも知れない。

志紀の母親は口数こそ少ないけれど察しのいい女性、という印象がある。かつては和音の父を支えていたのだろう。きっと有能だったのだろうという気にさせる。

だけど、志紀だってちゃんと和音を躾けてくれている。

むしろ志紀だってもっとしっかり獣化に進みたいところを、和音の体を慮って足踏みしてくれているんだろう。

それを志紀が叱られたのでは、本当に申し訳ない気持ちでいっぱいだ。

和音は志紀の部屋に上がるなり深く頭を下げた。

「あの、……父さんは悪気があったわけじゃなくて、と、父さんも僕のことを考えてくれているんだと思うんだけど」

いきなり頭を下げた和音を驚いたように振り返った志紀が、喉の奥を鳴らして頭を掻き、ベッドに腰を下ろした。

「そうかな」

母親の前ではいつも通りに見えた志紀も、まだあまり腹の虫は収まっていなかったのかもしれない。

短く言って和音から視線を逸らした顔は、まだ不機嫌そうだ。

「たぶん……。父さんは、厳しい人だけど悪い人ではない、……と思うし」

実際のところ、よくわからない。

悪い人ではないとは思うけれど、小さい頃から総合しても一緒に暮らした時間があまりに短く、家にいても会話をするわけでもないし、父の人となりはよく知らない。

とはいえそれも和音が獣人のことを知らなかったせいだろう。これから教わるべきことはたくさんあるし、大人になるにつれて話す機会が増えるかもしれない。

自分の父親のことなのに和音が何一つ断言できずにいると、ベッドに後ろ手をついた志紀が大きなため息をついた。

「あのさ、俺があの人嫌いなのは、そういうとこだよ」

吐き捨てるような志紀の低い声に肩を強張らせて顔を上げると、志紀も和音を見ていた。

おざなりに手招かれて、ベッドに歩み寄る。

おそるおそる志紀の前に立つと、手を握られた。

「父親なのに、お前あの人のこと全然知らないだろ。仕方ないよな。あんなに壁作られてたら」

添えるようにやんわりと握られた手を見下ろしていると、志紀の声音が優しくなっていく。

父親との壁を感じないといえば嘘になるけれど、それは和音が小さい頃から体を壊しがちだったせいだと思っていたし、今は不出来な息子だからだと納得している。

和音が志紀のように何でもできる子供だったら、父は優しくしてくれたんじゃないかと。

「あの人がお前のことちゃんと大事に思ってれば、そんな寂しい思いさせないはずだ。あの人はお前を大事にしなさすぎる。俺は昔から、あの人のそういうところが嫌いだ」

繋いだ両手をぎゅっと握りしめて、志紀が緩く和音を引き寄せた。

抗わずに和音が歩み寄ると、志紀が和音の腹に鼻先を埋めた。少し、項垂れている。

「……ごめんな、お前の父親なのにな」

不機嫌から一転して急にしおらしくなった志紀を見下ろすと、和音は目を瞬かせてから思わず笑ってしまった。

志紀がまた不機嫌になってしまわないように、眼下の頭に腕を回す。

いつも和音のことを見下ろしている志紀の頭をこうして抱くことができるなんて、ちょっと気分がいい。

「僕には志紀がいるからいいんだよ」

なんだか知らないけれどこみ上げてくる笑いを隠しもしないで和音が言うと、志紀が怪訝そうに視線だけ上げた。

和音には確かにあまり慣れ親しんだ親というものがいないけれど志紀の両親には良くしてもらったし、よその子供が父親に撫でられるよりもずっと、和音は志紀に撫でてもらっている。

困ったことがあれば志紀が助けてくれたし、嬉しいことは志紀が一緒に喜んでくれた。勉強も教えてもらったし、テストの点数が上がれば褒めてくれたのも志紀だ。

それがもしかしたら従者の務めだとしても、和音は志紀が傍にいてくれたことがとにかく嬉しい。志紀は父親の代わりではないけれど、和音は父がいなくて寂しいと思ったことはなかった。志紀がいれば、それでよかった。

「志紀が大事にしてくれたから、僕は全然寂しくないよ。ずっと幸せだよ？」

腕の中で和音を見上げた志紀の目を見つめる。

もしかしたら勘違いかもしれないけれど、志紀が和音の頭を撫でる時というのはこんな気持ちなのかもしれない。和音も腕の中に抱いた志紀のサラサラとした髪を撫でたくなって、指先をぴくりと震わせた。

だけど、それが叶うよりも早く志紀の腕が和音の腰に回ると強引に引き寄せられて体勢が崩れる。

あっと声をあげるよりも早く、和音は気付くと志紀の膝の上に倒れこんでいた。

「お前は俺の父親じゃないぞ」

上体をベッドに転ばせて下肢を志紀の膝に乗せられた和音がびっくりして目を丸くしていると、脇腹を大きな掌が這い上がってきた。

「わ、……わかってるよ！　父親だと思ってるとかそういうんじゃなくて……！」

「じゃあ何だと思ってるんだ？」

和音の体をゆっくりと撫でながら体重を移動してきた志紀の影が、視界を覆っていく。

驚いただけではない動悸が早くなってきて、和音は歯噛みした。

志紀に触れられると、体が熱くなっていく。掌が近付いてくるだけで胸の突起が硬くなってくるのが自分でもわかるし、志紀の膝の上に乗り上げた下肢がひとりでにもじついてしまう。

志紀を父親代わりだなんて思えないのは、年齢のせいだけじゃない。兄弟のように育ったとは思っているけれど兄弟だと思ってもいない。

だって、たぶん兄弟にはこんなはしたない気持ちになったりしない。

「あ、あの……えっと、志紀は」

吐息がかかるほど近付いてくる志紀から視線を逸らして、和音は言い淀んだ。

志紀は大事な躾をしてくれているだけなのに、こんなはしたない気持ちになっているだなんてとても言えない。

ただでさえも発現の遅かった落ちこぼれなのに、修練に真剣じゃないなんてことを志紀には知られたくない。

「うん？　俺のこと、どう思ってるんだ？」

「し、……っ志紀、あんまり触ると……っ」

服をたくし上げながら胸に上がってきた手の一方で、志紀のもう片方の手は膝の上の和音の腿を撫でている。

足をばたつかせて逃れようとすると、やんわりと膝を摑まれて足を開かされた。その間に、志紀の体が滑り込んでくる。

「触ったらどうなんだ？　……耳が、生えてきそうか？」

焦って上体を起こそうとする和音の頰に鼻先をすり寄せるようにして囁く志紀の唇が、さっきまでの不機嫌さなんて嘘だったかのように妖しく微笑んでいる。

和音の耳が生えてくるっていうのがどういうことなのかわかっている志紀に、そう言うのはそれだけで十分恥ずかしい。

和音はぎゅっと目を閉じて、唇を噛んだ。

「我慢しなきゃ駄目だぞ？　おやじ様が言ってた通り、これは修練だからな」

耳が生えてきそうになっても自制できるようにならなければいけない、ということなのだろう。

和音は唇を固く結んだまま小さく何度も肯いた。頭はむずむずするし、尾てい骨のあたりもこそばゆくてベッドの上で腰を揺らしてしまう。

だけど、それだけじゃない。一度志紀と繋がった覚えのある背後がひとりでに収縮して、和音を苛んでいく。

ベッドの上でこんなに体を寄せていたら、それを期待してしまうのも無理はない。

できるだけ何も考えないようにしなくてはいけないのに、頰に志紀の吐息がかかるたびにその唇を舐めたくなって、脚の間に入れた志紀の体が身動ぐたびに腰をすり寄せたくなる。

「し――……志紀、っ僕、もう……っ」

息を詰めて、シーツを握った指先が震える。

志紀志紀と甘えた声で鳴いて脈打つ腰を撫でてもらいたがることができたらどんなに楽か知れない。だけど、そうならないための躾だ。

「震えてるな、和音。そんなに我慢できないのか？　……エッチな犬だな」

ほとんど吐息のような声で囁いた志紀の指先が、和音の乳首をきゅっとつまみ上げた。

瞬間、背筋をビクビクっと小刻みに震わせた和音の唇が解けた。

「——ぁ、あ……っ！」

我慢できない。

高い声を漏らして身を捩りながら、耳が生えてしまうのをなんとか押し止めようと和音が自分の頭を抱え込もうとした時——階下から志紀を呼ぶ声がした。

「！」

ぎくりと身を硬直させたのは、和音だけじゃない。志紀も目を瞠って、身を固くした。

「志紀、ちょっといらっしゃい」

再度聞こえてきたのは、志紀の母親の声だった。

思わず顔を見合わせて、お互い自身の口を掌で塞ぐ。まさか、声が漏れ聞こえたということはないだろう。

もっとも、これは躾なのだから声が聞こえたところで志紀に悪びれることはないのかもしれないけれど——和音には少し、罪悪感がある。

「……悪い、ちょっと行ってくる」

はぁ、と小さくため息をついた志紀が身を起こすと和音も慌ててベッドを起き上がった。

妙に気恥ずかしくて、身を竦める。

「ちょっと待ってろ」

ばつの悪そうな和音の様子に気付いたのか、志紀は気を紛らわすようにふわりと笑って和音の頰に小さく吸い付いた。

それだけで、すっかり熱くなっていた和音の肌が粟立ってしまうとも知らずに。

ぎこちなく笑って返した和音を置いて志紀は部屋を出て行くと、——そのまましばらく戻らなかった。

結局その日、志紀は部屋に戻ってくることはなかった。

夕飯時がやってきて、階下を覗きに行くと志紀が母親と深刻そうに話をしている姿が見えたので携帯に「帰るね」とだけメッセージを残して和音は自宅へ戻った。

携帯への返信もなかった。

翌朝になればいつも通り登校時間に会えると思っていたし、父と険悪な状態のまま志紀について来てしまったことは気になっていたので少し急いで帰った。

案の定父は気にする素振りもなく――そもそも父は不機嫌そうな様子はもとより、機嫌のいい時だって見たことはないのだから当然だけど――その日の夕食を平らげ、自室に戻ってしまった。

静かな夜だった。

和音は夕食を片付け、お風呂を済ませてから自分の部屋に戻ると志紀からの返信を待った。

窓の外を見ると、志紀の部屋には明かりが灯(とも)っていた。

家庭の事情で、なにか深刻なことがあったのかもしれない。

明日聞いてみようと自分の心に言い聞かせて、和音はその晩布団に潜り込んだ。

頭のむず痒さはもう落ち着いていた。

翌朝、和音を訪ねてくる人があったのは朝食を食べ終えた頃だった。

「ごめんください」

食器を水につけて父に食後のお茶を淹れ、食器を洗ってから登校——と時計を見ながら慌ただしく準備をしていた和音は、玄関からの声に足を止めた。

近所の人が回覧板を届けに来た、という声じゃない。

声は男性のものだった。

たまに来る不動産屋の営業か、あるいは役所の人だろうか。

和音は声を張り上げて返事をして、慌ただしく廊下を走った。父は珍しくまだ居間に留まっている。お茶を自分で自室まで持っていくつもりだろうか。急がなくてはという気にさせられる。

「はい、はい……お待たせして、すみませ——」

三和土に降りて、飛びつくように引き戸を開く。

制服に着けたエプロンを外しながら訪問者を仰ぐと、そこには見覚えのある顔があった。

「宇佐美、さん……？」

濃い色のスーツに柔和な笑顔を貼り付けた長身の男性。

見間違いでなければ、つい先日見合いをした宇佐美志穂の兄、その人だ。

「ああ、良かった。和音くんが学校に行ってしまった後じゃなくて」

背中で結った長い髪を揺らしながら大仰な仕種で胸を撫で下ろした宇佐美が安穏と微笑んでいる。

和音はその顔をしばらくぽかんと見上げてしまっていてから、あっと声をあげて踵を返した。

「す、すみません。今、父を呼んでまいりますので」

慌ただしく家の中に上がって、スリッパを出す。

胸の中にはなんだか嫌な気持ちが渦巻いていたけれど、努めて考えないようにした。

結婚の日取りをやっぱり早めようだとか、あるいは今年の長期休みに今度は宇佐美の家に来るように勧めるつもりだとか――気が重くなることばかり想像してしまう。

和音は今まで学校の長期休みといえば志紀の家で寝泊まりして、宿題も一緒にやったし日帰りで遠くまで遊びに行ったりもしていたのに。

結婚が今すぐというわけでなくても、いつかは志紀と二人だけで予定を立てるだけではいられなくなるのだろうか。

そう思うと、胸が塞ぐ。

早く志紀に会って、大丈夫だと言ってもらいたい。

あるいは見合いの件のように「仕方がないことだ」とは言われるかもしれないけれど、志紀も同じように和音との時間を惜しいと思ってもらいたい。

とにかく、志紀に会いたい。

「父さん、宇佐美さんが――」

父が居間にいてよかった。すぐに宇佐美を父に任せて、待ち合わせ時間には少し早いけれど、家を出てしまいたい。

すると、居間に向かおうとした和音の手を宇佐美が摑んだ。

「！」

「お父様に用はありません。今日は、和音くんにお話があって伺いました」

穏やかな笑顔からは意外に感じるほど無骨で大きな手に摑まれて、和音は反射的に身を竦めた。緊張しながら捉えられて腕を引くと、あっけないくらい簡単に離してくれたけれど。

「僕……ですか？」

やはり、嫌な予感が胸を埋め尽くして体がさっと冷えていく。

意識するより早く、強張らせた顔を左右に振っていた。

「あの、僕これから学校……」

志紀に会いたい。

今日宇佐美が訪ねてきて、自分と話がしたいと言っているんだけどと話した後だったら心を決めて向き合うことができるかもしれない。

きっと志紀は、「あまり頭を撫でさせるなよ」と言うだろう。言って欲しい。志紀になんの意図もないただの冗談だとしても、まるで嫉妬(しっと)されているみたいで嬉しかったから。

「和音」

宇佐美に摑まれた手を自分の手でさすりながらこの場を逃げ出そうとした和音の背中を、父の声が叩いた。

どこかほっとして、父を振り返る。

「すみません。僕もう学校に行くから」

「学校には連絡しておこう」

え、と聞き返す声が喉に貼り付いて、和音は目を瞬かせた。

父と宇佐美は視線を交わすと驚いたふうもなく会釈を交わしている。まるで、今日宇佐美がやって来ることはわかっていたかのようだ。

知らなかったのは和音だけだ。

父に知っていたんですかと尋ねたくても唇が凍ってしまったように動かない。

それを聞いたところで、何になるわけでもない。

昨日志紀と躾について揉めたことは何か関係があるのだろうか。和音が立派な獣人ではないから、父が何でも先回りして決めてしまうのか。

和音はその場に崩れ落ちそうになるのを堪えるので精一杯で、どんな顔をしていいのかもわからない。

「和音くん」

そんな和音を見かねたように、宇佐美が苦笑を浮かべて玄関先にしゃがみこんだ。

まるで幼稚園児にでも話しかけるように目線を下げて、下から和音の顔を覗き込んでくる。白い肌に赤みがかった目がキラキラと煌めいていた。

「そんなに深刻な話ではないんです。私が今日たまたま仕事で東京に来る用事があったからついでに……と思っただけで。ほら、それなら交通費が会社の経費で落ちるでしょう？　和音くんのお休みに合わせて改めて——となると、なかなか宇佐美の財政事情も厳しいものがありまして」

膝を揃えてしゃがみこんだ格好で腕を組んだ宇佐美が、眉根を寄せて難しい表情を浮かべる。

その仕種を見ると緊張していた心が溶けて、思わず頬が緩む。ふと笑い声を吐き出した和音を仰ぐと、宇佐美も眦を下げて微笑んだ。

「こちらの都合に合わせてしまうのは大変心苦しいとは思ったのですが、昨日お父様にご相談してしまいました。和音くんの連絡先を知らなかったもので、すみません。後でメアドとか聞いてもいいですか？」

朗らかな宇佐美を見ていると、思いつめてしまった自分が急に恥ずかしくなってくる。

宇佐美は他意もなく、単純に父に自分の都合を連絡しただけなのに。

和音は首を竦めて、父を振り返った。一瞬でも二人が共謀していたように思った自分に罪悪感が募る。

「じ、……じゃああの、志紀に連絡してから」

「シキ？」

外したエプロンを小脇に抱えてポケットから携帯電話を探る和音に、宇佐美が首を傾げた。

「あ、ええと僕の……」

「神尾家の従者です」

父の声に遮られて、うっと喉が詰まる。

確かに家同士の間柄で見れば従者かもしれないけれど、志紀は和音にとっては大切な友人だ。

父は不機嫌な様子を微塵も見せないものの、昨日のことはやはり気に食わなかったのかもしれない。

和音は父を窺い見ると、唇を少し尖らせて押し黙った。

その顔も下から覗き込んだ宇佐美が、声を漏らして笑う。

和音は自分の子供じみた仕種を笑われているようで、熱くなった顔をうつむかせた。

「お仕事は何をされてるんですか？」

自分の部屋に通した宇佐美にお茶を差し出しながら、和音は不思議とリラックスしていることに気付いた。

理由は明白だ。

宇佐美を家に上げた時に居間で父も交えて話をするものかと思っていた和音に、彼は和音の部屋に行きたいと屈託のない様子で言い出した。別に断る理由もなく部屋に案内した際、声を潜めた宇佐美が「お父様がいないほうが君は緊張しないでしょう」と笑ったからだ。

確かに、その通りだ。

父のことは尊敬もしているし信頼も寄せている。

だけど自分が至らないせいでいつも和音が萎縮(いしゅく)してしまっていることを、志紀は知っている。しかし宇佐美にまで気付かれるということは、和音の考えていることは誰にでも筒抜けなのかもしれない。

それに、妹の宇佐美志穂と違って兄のほうは表情も豊かで温厚な雰囲気がある。

宇佐美志穂の言うことが本当なら彼もまた自分が純血ではないということで少なからず劣等感を抱いているのかもしれない。それが彼の態度を砕けさせているのだとすれば、和音は親近感を覚えた。

「うーん……簡単にいえばバイヤーのようなものですね。私はどうしても自分の生まれ育った土地を振興させたい気持ちが強いですから、地元のいいものを都心に、都心のものを地元に繋いで双方が良い形で繋がっていけるようにする仕事をしています」

折り畳みテーブルを挟んで宇佐美の正面に腰を下ろした和音は、へえ、と感心して声をあげた。

例えば、と挙げられた国交省も交えた地域振興の例などは和音には難しくて話の半分も理解できなかったけれど、地元の話をしている最中の宇佐美の表情を見ていると、どれだけ地域への愛情が深いかわかる。

「っ、すみません。私ばかり一方的に話したりして……仕事の話なんてされても、つまらないですよね」

今回の出張でどのような成果を上げることが目的かということを熱心に語った宇佐美が、突然我に返ったように口を噤むと、話しすぎた自分を恥じて苦笑を漏らした。

「いえ、すごい……地元を愛してらっしゃるんだなってわかって、興味深かったです」

まるで宇佐美の仕事への熱意が移ったかのように和音が熱い感嘆の息を漏らすと、宇佐美がはにかんだ。

地方都市で生まれ育ったわけでもなく、地域のことについて考えたこともない和音にとって興味深い話であったことは確かだ。

それでなくても和音は将来就きたい仕事について漠然としか希望がなかったし——少なくとも今は、進学できる大学について頭を悩ませるので精一杯だ。

「和音くんだって将来は同じようにこの土地を守っていく立場じゃありませんか」

「え？」

宇佐美に感心しきりで暢気でお茶へ手を伸ばした和音は、突然の言葉に目を瞬かせた。

宇佐美は、きょとんとした和音に対して逆に驚いているかのようだ。

「君は神尾家の嫡男なのでしょう？　……当然、この土地を守っていく大神になられるのですよね」

父の跡を継ぐ獣人になるということは、そういうことなのか。

口をぽかんと開けたまま宇佐美の言葉に目を瞬かせることしかできない和音がしばらく間を置いた後ぎこちなく肯くと、宇佐美が苦笑を漏らした。

「……大神って、そういうことなんですね」

父が実際にどんな仕事をしているのか、結局未だに理解していなかった。

犬耳が発現してさえも父が和音に説明してくれないところをみると、未だに和音に継ぐことはできないと思われているのかもしれない。

「ええ。大神は古来から、土地の守り神として存在しています。ただ崇められるだけではなく、現人神として実際に人々との交渉、積極的に活動できる存在です」

とはいえ、スーツを着た宇佐美の姿と和服姿の父を脳裏で並べてみると、とても同じ仕事をしているようには思えない。まして自分が同じ生業に就くと想像すると首を捻ってしまう。

難しい顔をして硬直した和音を見て、宇佐美がおかしそうに肩を震わせる。

「宇佐美さんはご両親が亡くなられてからずっと、そのお仕事を？」

彼らの両親がいつ亡くなったのかまでは聞いていない。しかし少なくとも兄妹の年齢は十以上離れているようだ。宇佐美兄妹のことを考えようとすると宇佐美志穂のうつむいた顔が浮かんできて胸が締め付けられる。

彼女に比べたら和音は幸せなのだろうか。

結婚しても志紀とずっと一緒にいられることが幸せなのかどうか、和音にはわからない。

「ええ、今は……代理という形ですが」

塞ぐ気持ちを隠すように和音がお茶を口に運ぶと、宇佐美も視線を伏せた。

既に先代がいないのだから代理ではなく正式に跡を継いでもいいようなものだ。和音がそれを訝しげに見返すと、宇佐美はそれに気付いて首を竦めた。

「志穂に聞いたでしょう？　私は正妻の子供ではないんです。……つまり純血の獣人ではない。宇佐美の血を守る者たちにとっては、そんな人間に跡を継がれるのは面白くないようで」

はぁ、とため息のような相槌が和音の口からひとりでに漏れた。

宇佐美の血を守るものというのは、例えば神尾家に対する犬養家のようなものなのだろうか。

志紀は和音を支えるためにいると言ってくれているけれど、宇佐美はそういう存在に跡を継ぐことを反対されているのか——と思うと、言葉が出てこない。

和音が不出来なのは和音の努力が足りないせいかもしれない。少なくともそう思われても仕方がない。だけど、宇佐美が純血でないことは宇佐美には何の責もないのに。

だけどそれをおかしいですよと軽率に糾弾することも憚られて、和音はただ黙って眉を顰めた。

その様子を見た宇佐美が、息を吐くように笑う。

「和音くんは優しいですね」

「えっ？　いえあの、僕は——……」

「本当は、志穂との結婚に乗り気ではないんでしょう？」

ぎくりと強張った和音の体は、優しいと言われて否定するために片手を擡げたまま静止して、動けなくなった。

まさか、他でもない兄の前でその通りですとも言えない。

無為に開いた唇が引き攣って震え、和音はぎこちなく唾液を嚥下した。

でも結婚するのは仕方がないと思っているのは本当だ。

彼女も和音もそう思っているし、志紀もそう言っていた。

不出来な和音だからこそ、彼女のような相手が神尾家にやってくるのは良いことなのかもしれない。血筋を守るためなら。

だけどそれは所詮諦めにすぎない。

結婚することを、和音自身も彼女も望んでいるわけではない。

「――……」

結局何も返すことができずに視線を彷徨わせた和音が口を閉ざすと、宇佐美が長い髪を揺らして首を傾げた。

「和音くんはあの従者――志紀くんと、お付き合いされてるんですか？」

「え？」

オツキアイという言葉がうまく飲み込めなくて、和音は真剣に聞き返した。

それに、父はああ言ったけど和音は志紀を従者だなんて思ったことはないと先に訂正しようとして――何を言われたのか理解する前に、顔がかっと熱くなった。

「え、いやあの……お付き合いって、そんな、まさか」

交際、恋人、という意味だろうか。あるいはそれこそ和音の勘違いで、お付き合いという言葉が他に意味する関係はあっただろうか。考えようと思うのに、体がかっかと熱くなってきてしまう。

志紀とお付き合いだなんて、考えたこともない。

志紀はあんなにかっこよくて優しくて、志紀のことを好きな女子は校内にたくさんいる。今でこそ志紀は和音に手がかかるから女子と付き合ったりはしていないだろうけれど、いずれ和音の躾が終われば志紀に相応しい女性と交際をするんだろう。

志紀が和音にかかりっきりになってくれているのなんて、本当に今のうちだけだ。

勢いよく首を左右に振った和音は、次第に視線を伏せていた。

だって和音は志紀とお付き合いなんてできない。

いっそ志紀が言った冗談の通り子供でも作れたら、違ったのかもしれないけれど。

「違うんですか？　先日仲が睦まじそうなところをお見かけしたので、てっきり」

うつむいた和音に首を傾げた宇佐美が、あてが外れたとでも言うように訝しげな声をあげた。

「睦まじいって……？」

宇佐美は志紀には会っていないはずだ。現に、ついさっきまで志紀の名前も知らなかったのに。

和音が眉を顰めて聞き返すと、宇佐美は不意に首を伸ばして窓の外を指した。そこには、通りに面した家の正門が見える。

今朝、宇佐美が来たから学校を休むと志紀に連絡をしたけれど志紀からの返信はまだない。もう授業は始まっている頃だろう。いつもならあの門の前で志紀と待ち合わせて、一緒に登校するのに。この十年以上、和音が体調を崩さない限りはずっとそうしてきたのに。

昨日、志紀と別れた時はなんともなかった。

志紀に嫌われるようなことは何もなかったはずだ。躾の通りしっかり耳を我慢できたし、志紀もすぐに戻ると言って部屋を出て行ったのに。

どうしてずっと連絡がないのか、努めて考えないようにしてきた和音の心に暗雲が立ちこめていく。

「志穂とご挨拶に窺った日です。……あそこで抱き合っていた彼が、志紀くんでしょう?」

「!」

あの日、志紀の家に入る前に車のエンジン音を聞いた。

あれは宇佐美兄妹の乗ったタクシーの音だったのだろうか。もうとっくに走り去っていると思っていたけれど。

息を呑んだ和音がものも言えずにいると、宇佐美は「ああ」と小さくつぶやいて困ったように笑った。

「ご安心ください。私は誰かに言いふらそうとか告げ口をしようとか、そんなつもりはないんですよ」

なんのてらいもなく宇佐美が頭を下げると、和音は拍子抜けして後ろ手をついた。

心臓が早鐘を打っていて、知らないうちに背を反らしていたのかもしれない。正座をしていた足が崩れて、呼吸も浅くなっている。

あれは躾でしかないから——そう言えばいいだけなのに、お付き合いだなんて言われた後だから意識してしまった。

志紀にそんな気は微塵もないのに。

和音はともかく。

「獣人の主が従者と特別な関係に陥ることなんて珍しくもありませんしね」

「え？」

特別な関係、という含みに和音は思わず心臓を跳ねさせた。

そんなはずはないとわかっていても。

宇佐美から逃がした上体を乗り出して、思わず喉を鳴らす。

「私は純血ではなく妾腹（めかけばら）だと申し上げましたが――実は、父が従者の女に産ませた子供が私でして。だから立場がややこしいところもあるんですが、よく聞く話ですよ」

なんでもないことのように言って宇佐美は朗らかに笑ったが、和音は到底笑えなかった。

「立場も親しいですし……特に大神が男性の場合は、劣情に直結しているところがありますからね」

その通りだ。

反射的に耳が出てきそうになって、和音は慌てて頭を押さえた。

性的欲求の部分を鍛えなければならないから志紀はあんなふうに和音に体をすり寄せたり、囁いたりするんだろうということくらい和音だってわかっている。

それがセックスという直接的な行為に至ることも、和音と志紀じゃなくても他の主従の間でも起こり得るということか。

別に、自分たちが特別なわけじゃない。

和音は頭を押さえた手でぎゅっと髪を握りしめて、うつむいた。

「和音くんが彼とお付き合いしていようとしていまいと、私には特に問題はないんです。男性同士ですしね。関係を続けていただくのも構いません。ただ、志穂のことを娶ってさえくだされば」

「――!」

不意に宇佐美の声が水のように冷たく背筋を震わせた気がして、和音は瞠目した。

顔を仰ぐと、相変わらず宇佐美は微笑んでいる。

「……あなたが家督を継ぐ、ためにですか……?」

自分でも驚くほど低く、震えた声が漏れた。

彼自身知らないこととはいえ、少女の気持ちを封殺するだけでも痛ましいことなのに。

目の前の彼は、自分のことしか考えていないように見えた。

和音がテーブルの上に落とした拳がぶるっと震える。

「あなたが宇佐美家を継ぐためには純血の妹が邪魔だから、嫁がせようとしているんですか?」

「ええ。それが何か?」

優雅に肯いた宇佐美が困ったように眉尻を下げて笑った。

「これは宇佐美家の問題です。和音くんが気にされることではありませんよ。君が結婚したからといって従者が変わるわけではありません。志紀くんは一生あなたの従者ですし、神尾家の血筋も守られる」

違う。

和音は震えそうになる拳をぎゅっと握って、知らずのうちに首を振っていた。

最初はぎこちなく、次第に振りかぶるように。髪が揺れて、頬を痛いくらいに打った。

「……僕、は――……僕は、従者だなんて思ってない」

父も宇佐美も、志紀のことを従者と言うけれどそのたびに否定できなかった自分が悔しい。

見合いをすることが嫌だったのも、知らない相手と結婚をするなんて考えるのが不安だったからじゃない。

和音は唇を噛んで、目の前の宇佐美を強く見据えた。

「志紀は、僕の従者なんかじゃない。志紀は、わからないけど……僕は志紀のことが」

ずっと兄妹のように育ってきたけれど、それだけだったらきっと今頃和音はまだ発現していなかっただろう。

獣人として期待もされていなかった和音の傍にずっと志紀がいてくれたから、発現できた。

志紀じゃなければ、だめだった。

和音にとって志紀は従者でもなければ、友達でもない。

「僕は志紀のことが、好きなんです」

言葉にすると、それは熱を帯びて和音の胸を暖かく照らすようだった。

志紀がどう思っているかは知らない。

だけど、一方的な片思いであっても自分が志紀に恋をしているのだと思うとなんだかずっと胸につかえていたものがすっと落ちるようで、気付くと和音の握りしめた手には太い爪が生えていた。

「あれ？　……え？」

制服から伸びた手に、短い毛と、掌には肉球も盛り上がっている。

驚いて頭に触れると耳も生えている。尻尾は背後で振れているし、鼻面も犬のように長くなっている気がする。自分が今どんな顔をしていて、どの程度犬のようになってしまっているのかわからない。目の前にいない志紀に焦がれる気持ちこそあるものの、別段はしたない気持ちになっているというわけでもないのに。

胸の中が志紀に対する気持ちでいっぱいだからだろうか。

「……ああ、そういうことですか」

短く舌を打つ音が聞こえたと思うと、宇佐美が表情を翳らせていた。

笑みをなくしただけで、妙に凄み(すご)のある表情に見えて和音の毛が逆立つ。

するとその気配を察したように宇佐美が慌てて微笑みを浮かべた。

「では和音くん、こうしませんか」

まるで頰に張り付いたような笑みを浮かべた宇佐美が、柔和な声で言いながら目の前のテーブルを押しのけた。お茶を淹れた湯呑みが揺れ、畳に転げ落ちそうになる。

慌てて和音がそれを支えようとすると、その手を強い力で摑まれた。

「私が、君を嫁にもらってもいいんですよ？」

「……は？」

テーブルを退けた宇佐美が和音との距離を詰めてくる。和音は顔を顰めて、摑まれた腕を振り払おうとした。だけど宇佐美はそれを畳の上に押さえこむように和音の背後に引いた。

思わず体勢を崩して、倒れ込みそうになる。

顔を歪めた和音の耳元に宇佐美の吐息を感じた。

「君が私の妹を引き取るか、君が私の嫁になるか——別に私は、どちらでも構いませんよ」

ぞっとするほど声が低くなった宇佐美に驚いて顔を振り仰ぐと、その頭に兎の長い耳が伸びている。

意識するよりも先に、和音の体が強張った。

和音も身をもってよく知っている。宇佐美自身も言った通り——獣人が耳を発現する時は、劣情に深く関係していると。

「嫁って、……そんなの無理に決まってるじゃないですか、っ僕は、男だし……！」

長く伸びた爪で引っ掻いてでも逃れようと身を捩ると、手首を畳の上に縫い付けるように押さえこまれた。力が強い。和音は歯嚙みして、宇佐美の顔を睨みつけた。

「どうせ妹を他所（よそ）へ嫁がせれば、宇佐美家には別の純血が必要なんです。……君が男に抱かれる方がいいというから、私を選ばせてあげようというんですよ？　私は君でもまったく構いませんしね」

「つだ、抱かれ……って！」

男に抱かれるのが好きだなんて、冗談じゃない。

自分よりずっと大きな男に押さえこまれた恐怖心で尻尾は縮み上がり、心臓がうるさいくらいに早鳴っている。それ以上に宇佐美の居丈高で利己的な態度に、嫌悪感がこみ上げてくる。

ギリッと牙を噛みしめて、和音は鼻先に皺を寄せた。

「ふ――ふざけないで、くださいっ！　僕は別に、男の人が好きというわけではないですからっ」

吼えるように言って、思いきり肩をばたつかせる。床を蹴って、のしかかってきた宇佐美の下から逃げ出そうとして暴れても押さえつける手はびくともしない。

いっそ噛み付いてやろうかと思うのに、写真で見た父のような立派な犬と違って鼻先が短く、牙が届きそうにない。

だけど、幸い――なのかどうかわからないけれど、ここは和音の家だ。父も家にいる。志紀の家と違ってリフォームしていないから床は軋みやすいし、防音だってなってない。

「宇佐美さん、やめてください！」

和音は恐怖で縮こまりそうになる体を奮い立たせて、精一杯声を張り上げた。

しかしその声に、宇佐美の笑い声が重なる。

「そんな声を出しても無駄だよ。お父様は了承してくださってるんだ」

「っ、そんな……」

嘘だ。

愕然とした和音の目の前がさっと暗くなる。

自分は父に見捨てられたのかというショックで息が浅く弾み、冷たい汗が浮かんでくる。

「宇佐美の家は志穂に任せて、私が和音くんの婿として神尾家を継ぐ――そうすることで両家は生き延びられるからね」

「――……ッ！」

妹の――志穂の気持ちを考えたことはないのか、と喉のところまで出かかって、すんでのところで無理やり飲み込んだ。

彼女が必至に堪えてきたものを、和音が容易に口にしていいとは思えない。

今、この状況から逃げ出したい一心で彼女の気持ちを暴露しようとしているのじゃないかと自分を疑う気持ちもある。

彼女に報われてほしい気持ちもある。

和音は男だし、志紀と結ばれるはずもない。だけど彼女なら――それこそ好きな人の子を産むことだってできる。

だけど、世間ずれしていないように見えた彼女にこんな男のどこがいいのかと問いたい気持ちもある。

他人にこんなにも嫌悪感を抱いたのは生まれて初めてだ。

和音がぎゅっと唇を噛んで目の前の顔を睨みつけると、それを笑い飛ばした宇佐美が首筋に鼻先を寄せてきた。

「っ、やめ……ッ！　こ、こんなことやめてください……っ！」

抵抗も虚しく、ぬるりと宇佐美の舌が肌を這う。和音の背筋を震えが走った。全身が粟立って、目をぎゅっと瞑る。

宇佐美の息が熱を帯び、和音の上に覆いかぶさった体が重くなってくる。

「君を嫁にするというのなら、夫婦の営みだってすることになるんですよ？　こんなこと、とは心外です」

宇佐美はまるでこんなこと冗談だとでも言うように体を震わせて笑っている。これがふりだけなら和音だって――到底笑えないけど――無視することができる。

だけど、宇佐美の体温をすり寄せられて唾液が肌を濡らしている状態じゃ嫌悪感しかない。志紀なら、体が近付いてにおいを嗅いだだけでも幸せになれるのに。

「ふ……っ夫婦の営み、って……子供ができる、わけでもないのに！」

宇佐美が本当に自分の地位のためだけじゃなく良家の血族のことを考えているなら、男同士で結婚だなんて不毛以外の何物でもない。

ギリっと和音が奥歯を噛みしめると、宇佐美が小さく息を吐いた。まるで、青臭い子供をいなすかのようだ。

「我々は獣人ですが、人である部分も大きいでしょう？　子作りのためだけに交尾をするなんてただのケダモノですよ。セックスは快楽であり、コミュニケーションではありませんか？」

ばたつく和音の足を押さえるために腰を割り込ませた宇佐美の中心が熱くなって、硬くなっている。

それをすり寄せられると、和音は悲鳴をしゃくりあげて床の上で逃げを打った。

「だから、和音くんだって志紀くんとするんでしょう？」

「ち、違――……っ！　あれは、志紀が僕に躾を、」

「躾？　従者が主人を躾けるなんて聞いたことありませんよ。獣化した場合の暴走の制御なら従者の仕事かもしれませんが――ましてや、あんな恋人みたいに睦み合うなんてね」

宇佐美は呆れたように笑い声をあげた。和音が志紀との関係をごまかしているとでも思っているのだろう。

だけど実際志紀は躾だと言っていた。和音が獣人として遅れているから、躾けてくれているんだと。

「獣人が性欲のはけ口として従者を使用することはあります。和音くんだってそうでしょう？」

「違う……っ、違います！　僕は、志紀のことが」

首を振りかぶって、宇佐美の手を振りほどこうとする。

上にのしかかった体を蹴り飛ばしてでも逃げ出したいのに、宇佐美はまるで非力な和音を嘲笑うかのように耳朶を甘く食んだ。

「これからは私が可愛がってあげますよ。早晩、志紀くんには従者を外れてもらいますしね」

「っ!?　どうして……！」

志紀に口付けされた耳を宇佐美に汚されなくて、和音は必死に首を振った。だけど、志紀が従者を外れると聞くと思わず耳がぴくんと震えて宇佐美の顔を仰いでしまう。

和音にとって志紀は大事な人でも、志紀にとってはどうか知らない。

ただ従者というだけで、血筋だけで和音と一緒にいてくれたのだとしたら――その役目を解かれれば、もう志紀に抱きしめられることもなくなってしまう。

「和音くんが志紀くんを性処理に使っているだけならまだしも、そうではないのでしょう？　主を惑わす従者が傍にいるなんて、許されるはずがありません。私の母親も今はどこにいるのかわからない身ですしね」

宇佐美の掌の下で、和音の手が震えた。

志紀のことが好きだなんて言ったから、一緒にいられなくなるなんて。口を固く噤んで、喉を鳴らす。

視線を彷徨わせてあれは嘘だと取り繕う方法を考えたけれど、思いつかない。

「昨日から志紀くんと連絡がつかないのではありませんか？」

心臓がざわついて、呼吸がままならない。視線が揺れて、見上げた天井が回るようだ。その中で、宇佐美の卑劣な声だけが聞こえてくる。

「彼なら今頃、ご自宅で強く教育されていることでしょう。長い間神尾家を支えていた犬養家の従者が不祥事を起こしたとあっては家名に泥を塗ることになる」

昨日帰りがけに見た、志紀が母親と深刻そうに話し込んでいた表情が脳裏をよぎって和音は体の力が抜けていくのを感じた。

あの時、志紀はどんな顔をしていただろうか。

真面目な話をしていたようだと思ったけれど、傷ついているようだったか後悔しているようだったか、迷惑そうだったか苦しそうだったか、まるで思い出せない。

志紀は和音にとって自慢の幼馴染だった。

勉強も運動もできて、背も高いし顔も整っている。人から劣ったところが一つもないくらい完璧なのに、誰にでも分け隔てなく優しくて頼もしくて、志紀にできないことなんて何もない。和音の憧れだった。

その志紀が、和音のせいで犬養家に泥を塗ったことになってしまうなんて。

志紀は何もしていないのに。

ただ何も知らない和音に優しくしてくれただけで、勝手に好きになった和音が悪いだけだ。

「そんなに志紀くんのことが心配なんですか？　ふふ、和音くんは本当に優しい子ですね」

弛緩した和音の頬に鼻先をすり寄せて、宇佐美が双眸を細める。抵抗する力を失った手から掌を滑らせて制服の上着を捲り、シャツの上を撫で上げながら宇佐美は歌うように囁いた。

「可愛い子だ。私のお嫁さんになるなら、志紀くんのことは許してあげてもいいんですよ？」

「許し……？」

虚ろな声で和音が聞き返すと、宇佐美がシャツのボタンを一つ外した。

外気が滑り込んできて、体がひとりでにぶるっと震え上がる。それを宇佐美の掌が撫でながら、胸の上の突起を探った。

「ええ。……どうします？　私のお嫁さんになりますか？」

下肢に宇佐美の熱い昂ぶりが押し付けられる。まるで中を穿ちたがっているように何度も執拗に擦り付けられて、和音は目をきつく瞑った。

ここで宇佐美を突き飛ばして逃げ出せば、二度と志紀には会えないかもしれない。

宇佐美の嫁になることを承諾してこのまま好きなようにされたって、志紀には合わせる顔がない。

志紀はなんとも思わなくても。

それでもどちらがいいかと言われれば迷う余地はない。

――じゃあ、彼女は？

義兄に切ない思いを寄せる彼女は、決められていた通り和音と結婚させられるにしても――あるいはその義兄が和音と結婚するにしても、彼女の気持ちが遂げられる道はないのか。

こんな男を思っていて幸せになれるものかと和音は思うけれど、それでも他人に引き裂かれることと自分で決別するのとは違う。

和音だって、志紀を想っていたって仕方ないことがわかっていても、他人に決められるよりは自分で決断したい。志紀を守れるなら、もっといい。

「――もしかして志穂のことを考えているんですか？」

「えっ？」

まさか、妹の気持ちに気付いていたのか。

瞠目した和音の表情に双眸を細めた宇佐美が、大仰に困ったような表情を浮かべて頬に指をのぼらせた。

「もちろんあの子も了承してくれていますよ。……和音くんには申し訳ないけれど、もともと志穂も君との結婚には乗り気じゃなかったようだからね。私の提案を快く受け入れてくれました」

「提案……って、――……宇佐美さんが僕と結婚する……ってことを、ですか……？」

暗く淀んでいた心が、さあっと冷えきっていく。

想い人が他の人間と、地位のために結婚しようと思うという提案を聞き入れた彼女の気持ちを思うと、呼吸することも忘れた。

絶望という暗い淵（ふち）に立たされたような気持ちで四肢が重くなって、力が入らない。

和音なんて志紀が他の女の子と交際するかもしれないという未来を想像しただけでも泣きたくなってしまうのに。

「だから、安心してください。君がうんとさえ言ってくれたらいいんです。志紀くんだって守られるし、志穂だって自由だ。君のことは私が責任をもって幸せにします。これが、ベストな選択なんです。さあ――」

耳元で宇佐美が甘く囁く。

和音にはそれが悪魔の誘いとしか聞こえなかったけれど、彼女がこのことをもう知っているのならもう他に和音が守れるものなんて、志紀の名誉しかないのかもしれない。

和音は身を固く強張らせながら、操られるように空虚に首を縦に揺らした。

「は、……い。僕、宇佐美さんの、お嫁……さんに――……」

震える声で、何度も言葉に詰まりながらなんとか声を絞り出す。

堪えようと思っていても、和音の目蓋は熱くなってきて涙が滲んだ。

宇佐美がそれを見て声も出さずに微笑む。その弧を描いた唇が和音の鼻先にゆっくりと近付いてきた時――

「和音！」

廊下に割れるような音が響いた。

それが人の足音だと気付いた時には和音は濡れた目を開いて、自分の上に覆いかぶさった宇佐美の肩を突き飛ばしていた。

「志紀！」

思いがけない力に押しのけられて顔を顰めた宇佐美の背後から、障子を開いた志紀の姿が見えると和音は縋るように駆け出していた。

手足が犬のそれになりかけているせいか、畳に傷はついてしまったけれどいつもとは比べ物にならないくらい俊敏に動ける。

「お前、和音に何をしようとしてたんだ？」

宇佐美に対して今まで聞いたこともないくらい低い声を震わせた志紀の背後に思わず隠れてから、和音ははっとして後退った。

反射的に助かったと思ってしまったけれど、これじゃだめだ。

狼狽えた和音の様子に目を眇めた宇佐美が大きくため息をついて、乱れてしまった長い髪を掻き上げる。

「何って――和音くんを私のお嫁さんにしようとしていました。婚前とはいえ夫婦の約束を交わした者の褥に踏み込むとは、さすが無粋ですね。犬養家の人間は」

「つう、宇佐美さん……！　あの、これは僕が志紀にちゃんと説明をするので――」

せっかく志紀の名誉を守りたいのに、こんなことで不躾だと思われたら堪らない。

和音は息が詰まりそうな胸を抑えながら志紀の前に回り込むと、宇佐美を庇うように立った。

昼間だというのに薄暗い部屋の中で、志紀の目が爛々と鈍く光っている。こんなに怖い顔をした志紀を初めて見た。

「嫁？　……どういうことだ？　お前はこいつの妹と見合いしたんじゃなかったのか」

「ち、違うんだ志紀、あの、僕はね……えーと」

唸るような志紀の声に気圧されて和音が視線を伏せると、宇佐美にボタンを外されたシャツが開いて肌があらわになっていた。慌てて前を掻き合せる。

涙がこみ上げてきて、ますます言葉が出てこない。

「和音」

苛立ったように志紀が声を荒げた。

毛が逆立って、足が震える。

嘘は苦手だ。しかも志紀に嘘をついて騙せたことなんて今まで一度だってなかった。

だけど、この嘘ばかりは押し通さなければいけない。

「――っとにかく、僕は宇佐美さんと結婚するから！　相手が妹さんでも、……お兄さんでも、同じことだよ。し、志紀には……関係、ないし」

シャツを握りしめて、半ば怒鳴るように声を張り上げる。そうしていなければ、泣き出してしまいそうだった。

志紀には関係ない、志紀には関係ないと自分で吐いた言葉が胸の中に残響する。

自分のせいで志紀の人生をめちゃくちゃにする気なんてない。志紀を幸せにしたい。

「……お前、まじで言ってんの？　それ」

冷たい、硬い志紀の声が和音の柔らかなところへ突き刺さるようだ。

思わず身が竦みそうになるのを堪えて、声をしゃくりあげる。

「し、……志紀だってしょうがないって言ってたじゃん！　ぼ、僕だって、家の――……家の、ために……！」

我慢できずに、大きな涙の滴が和音の頬をぼろぼろっと零れ落ちた。

まるで自分の心が剝がれ落ちて、崩壊していく欠片(かけら)のようだ。

神尾家なんてどうだっていい。家のことなんかどうなってもいい。ただ、志紀のことを守りたいだけだ。

「も、もう……出てって、よ！　志紀には、関係ないんだから……！」

これ以上志紀に責められたら、泣き喚(わめ)いてしまう。

そうなるわけにはいかないから、犬のようになった手で志紀の肩を押して部屋を追いだそうとした。

これでいいんでしょうと背後の宇佐美に問いたいけれど、もう宇佐美の顔だって見たくはない。

「僕が、誰と結婚しようと――」

「うるせー馬鹿！　俺は嫌だ！」

肉球を叩きつけるようにして押し出そうとして腕を伸ばすと、次の瞬間、和音は志紀の腕の中に乱暴に抱き寄せられていた。

「……！」

「お前が他の誰と結婚したって、俺は納得なんかしない」

犬耳の生えた和音の頭を自身の肩口に押し付けた志紀の声が震えている。

さっきまでは怒りのあまり震えているだけかと思っていたのに、今は違う。和音の体に痛いくらい食い込んだ腕が、まるでしがみついているかのようにも感じられる。

志紀が和音に縋り付くなんて、そんなことありえないのに。ありえないはずなのに。

「大学を卒業するまでは結婚させられることはないと聞いてたからそれまでに対策を考えようと思ってたんだ。……それなのに、なんでそんなウサギに体を触らせてんだよ」

ふと志紀の腕が緩むと自然と和音は顔を仰いだ。

いつの間にか涙は止まったと思っていたけれど、まだ視界がぼやけて、志紀の顔がよく見えない。何度も瞬きをすると目に溜まっていた涙の粒が流れ落ちていく。

「お前は俺の犬だって言っただろ。忘れたのか？」

涙で濡れた和音の頬を、志紀の掌が拭う。その手はもう荒々しくなく、いつも通りに暖かい。

ずっと張り詰めていた体の緊張が一気に解けて、体重を預けてしまいたくなるくらいに。

和音は小さく首を振って、視線を伏せた。その時、背後で小さなため息が聞こえて和音ははっと息を呑んだ。

「ああ、これで犬養家はおしまいですね」

「は？」

和音の背中をぎゅっと抱き直した志紀が、ざらついた声を上げる。

和音は慌てて背後の宇佐美を振り返ろうとしたけれど、志紀の抱きしめる腕が強くて体を捩ることもできない。

「志紀くん、君は従者失格だ。神尾家とは今後関わらないでもらうよ？」

にこやかな宇佐美の声を背中に聞きながら、和音は息を詰めた。

冷たい汗が、志紀が抱いてくれた背中に伝い落ちる。

「なんであんたみたいな部外者にそんなこと言われなくちゃいけないんです？　和音はまだ結納も済ませてない、あんたの家とは何の関係もないじゃないですか」

「うーん、確かにそうかもしれませんね。……だけど関係ないというなら君の方だって同じでしょう」

宇佐美の落ち着き払った声に、背中に回された志紀の手がぴくりと震えた。

和音は耳を塞ぎたくなる気持ちを堪えて、志紀の胸の上でぎゅっと拳を握りしめた。

「獣人はもちろん選ばれた血筋しかなり得ないものですが、従者はただの人間です。誰だってなれる。犬養家である必要はありません。わかりやすく言いましょうか？　私と和音くんは獣人だから切っても切れない縁がある。しかし志紀くん、君の代わりなんて他にいくらでもいるんですよ」

「っ、そんなことない！　志紀の代わりなんて――……！」

思わず志紀の胸を押しやるようにして振り返ると、宇佐美は片膝をついてこちらを憐れむような目で見上げていた。

鼻先に皺が寄って、喉から唸り声が漏れてくる。

ただの従者ならば代わりになれる人はいるのかもしれない。だけど、志紀の代わりなんてこの世には存在しない。和音にとって、志紀はもうずっと特別で、かけがえのない人だ。

「和音」

今にも宇佐美に飛びかかってその喉笛に噛み付いてやろうかと憤った和音の髪を撫でて、志紀が小さく笑った。

こんな時に笑うなんて、と和音が驚いて志紀を振り返ると、その鼻先に唇が吸い付いてくる。驚いて、尻尾がピクンと跳ね上がった。

「――別に俺は、従者だから和音の傍にいるわけじゃない。先祖からの縁が切れたって、俺は和音の傍にいたいと思ってるよ。家とか血筋とか、そんなものよりも俺たち自身が相手のことをどう思ってるかだろ」

不遜な態度の宇佐美を静かに見下ろした志紀の頼もしい顔を仰いでいると、さっきまでボロボロになりかけていた心が暖かいもので満たされていく。

和音の拳の上に志紀の手が重なる。手首を返した和音がその手を握り返すと、指が優しく絡んできた。

「俺は和音が獣人でもそうじゃなかったとしても、好きになったと思うよ。俺は和音のことが好きだ。犬養家が従者の役目を解かれることがあったとしても、離れるつもりはない」

志紀、とつぶやこうとした唇が震えて、声にならない。

肩口に額をすり寄せると、志紀が顔を伏せて唇を押し付ける。

胸がいっぱいで、どうしていいかわからない。志紀の口からそんな言葉が聞けるなんて気が変になりそうだ。少なくとももう尻尾は千切れそうなくらい振れてしまっている。

志紀が好きだ。

好きで好きで好きで、志紀のことしか考えられない。考えたくない。このまま手を繋いでいたいけれど、筋肉質な背中に腕を回してぎゅっと抱きつきたい気持ちもある。

頭をひとしきりすり寄せてからもう一度志紀の顔が見つめたくなって和音が顔を上げようとすると、宇佐美がハッと吐き捨てるように笑った。

「君たち個々人の感情なんてどうでもいいんですよ。これは家同士の――」

「おやじ様に話ならつけてきた」

反射的に身を竦めた和音の肩をきつく抱き直して、志紀が威圧的にピシャリと言い放つ。その顔は怖いくらいに冷静で、ゾッとするほど整っていた。

「おやじ様はあんたたちとの婚約を破棄しても構わないそうだよ。――言っただろ？　部外者なのはあんたの方だって」

志紀の顔に見惚れるようにあっけにとられた和音の手を、志紀が緩く引いて踵を返した。

「ふ、ふざけるな！　こんなことは……――！」

「宇佐美さん」

志紀に手を引かれながら和音がこわごわ背後を振り返ると、つられて足を止めた志紀が訝しげに顔を顰めるのがわかった。

さっきまであんなに怖かったのに、志紀が迎えに来てくれたというだけでもう安心している。好きな人が傍にいるということは、それだけで無敵な気持ちになれてしまうものなんだろう。

「……あの、志穂さんのことですけど……た、たぶんですけど彼女、あの……好きな人、が……いると思うんです。だから、その人と幸せになれたらいいなって……思います」

和音に言えるのは、これだけだ。

案の定宇佐美は何を言ってるんだとばかりに顔を顰めていたけれど。

言い終えた和音が、待たせてごめんと向き直ると、一刻も早く部屋を出て行きたそうにしていたはずの志紀が片眉を上げて和音の顔を見下ろしていた。

「――ああ、そういえば聞いたことがあります」

「志紀？」

和音に話しかけるでもない、けれど宇佐美の方は見ようとしない志紀の声はまるで大きな独り言だ。

今度は和音が訝しがって志紀の顔を仰ぐと、こっそりウインクを向けられた。息が止まりそうなくらい、かっこいい。

「昔の大神は血脈を守るために近親交配をしていたこともあったって」

本当なのか嘘なのか、志紀の口ぶりからはわからない。

少なくとも言えるのは、和音の下手くそなフォローは宇佐美には伝わらなくとも志紀にははっきりと伝わっていたということだ。

宇佐美にもわかるように口添えをしてくれる志紀の優しさに、和音は繋いだ手をぎゅっと強く握り直した。

「今の世の中じゃ近親婚は問題かもしれませんけどね。まあどちらにせよ、愛情のない結婚なら不幸なだけですよ。……気持ちが通い合っているなら、異母兄妹でも納得する人は少なくないでしょうね。古い関係者なら、特に」

ぽかんとした顔の宇佐美を一瞥してから、和音は志紀と視線を交わしあった。

「行こう、和音」

志紀が微笑む。

和音は、尻尾を振って大きく肯いた。

「父さんと話って……？」

家を飛び出て、志紀の家にあがると今度こそ本当に安全だという気がして、力が抜けた。

家には母親もいるようだったけれど、和音の手を引いた志紀はものも言わずに自分の部屋に直行して、扉を閉めた。

もしかしたらまだ怒っているのかと和音が心配になるくらい、強引だった。

「ああ、あのウサギ野郎が根回ししたせいでうちの母さんから見合いを邪魔するだの何だのと説教されて――さっき、おやじ様に直談判してきたんだ」

部屋に入るなり大きくため息をつくと、志紀もようやく緊張を解いたようにフローリングの上に腰を下ろした。

怒っていたわけではないようだと胸を撫で下ろした和音がその正面に腰を下ろすと、ふと表情を綻ばせた志紀が腕を伸ばす。自然と頭を差し出すと、髪をくしゃりと撫でられた。

「きちんと話してみたらなんてことはない、おやじ様も別にどうしてもウサギの家と結婚しなきゃ駄目だなんて思ってなかったらしい」

「えっ？　そ、そうなの？」

思いもよらない言葉に驚いて顔を上げると、髪を撫でてくれていた志紀の手が落ちてしまう。だけれど志紀は和音の驚きように小さく笑って、肩を震わせた。

「自分の息子はオクテだろうし、彼女がいるとも思えない。だからこっちで用意してやろう――程度にしか思ってなかったらしいよ。あの人はあの人なりに、和音のこと考えてたんだな。何も言わないから、わかんねーけど」

力の抜けた志紀の表情には険がなく、和音の父親に対して抱いていた不信感も拭われたことが見て取れた。

それが和音の心をぎゅっと締め付けて、嬉しくなってくる。

「実際、主従が恋愛関係に発展する例も珍しくないみたいでね」

志紀の顔を覗き込みながら和音が距離を詰めようとすると、それを悟られたのか、向こうからも顔を寄せてきた。驚いて避けようとしても、尻尾が喜んでしまっている。志紀が笑って、和音の肩を捕まえて抱き寄せた。

体を反転させて、膝に抱き上げられる。

「実は……内緒だけど、お前のおやじ様も昔、俺の母さんに惚れてたらしい」

「！」

瞬時に思い出されたのは、若かりし志紀の母親の隣で伏せていた大きな犬の姿をした父だ。

相変わらず父の表情はまるで読めなかったけれど、あの時父の心にも、今の和音が抱いているような切なさがあったのだろうか。

「まあ、だからといってお前の母親をないがしろにしたわけではないと思うよ。もともと体が弱い人だったから、献身的に面倒を見てたって母さんも言ってたし」

和音は母親のことをよく覚えていないけれど、仲の良い夫婦だったという話は志紀の両親からも、近所の人からも聞いたことがある。

あんな無表情な父が母とどんなふうに接していたのか、覚えていないのが悔しいくらいだ。

いつかは父とそんな話ができたらいいなと思いながら、和音は自分の肩に回った志紀の手に触れた。

「まあそういう経緯もあって、おやじ様はお前に無理強いする気はさらさらなかったようだけど……」

「？」

珍しく、歯切れが悪い。目を瞬かせた和音が振り返ると、志紀が参ったなというように苦笑を浮かべていた。

「……ただ、まあ……跡継ぎは残したいと思ってるみたいだったな」

父にしてみれば、和音の親である以上に神尾家の系譜を継ぐものでもあるんだろう。

和音には和音の人生があるけれど、その先に続けていく義務もあるということなのかもしれない。

「じゃあ、やっぱり僕が志紀の子を産むしか……」

もちろん、そんなことはできないけれど。

和音が真面目な顔でじっと自分のお腹を見下ろすと、志紀が背後でふはっと噴き出すように笑った。

「――じゃあ、試してみるか？」

耳に志紀の唇が寄ってきて甘く囁く。肩から掌が滑り降りてきて和音の乱れた制服を撫でた。

「ん……志紀」

後ろから撫でられていると、志紀の顔が見えない。身を捩って、膝に抱き上げられた体勢のまま向かい合おうとすると志紀の唇が顔を覗き込んできた。

「和音」

短く鼻先を啄んで、すぐに志紀が離れてしまう。

それが切なくて首を伸ばしかけて、和音ははっとした。

「キスしにくいな。……これ、元に戻せるか？」

照れくさそうに笑った志紀に言われて、慌てて自分の鼻先を両手で押さえる。

こんなふうになったのも初めてなら、元に戻す方法もわからない。だけど志紀とキスをしたい一心で力任せにぎゅっと押すと、触り慣れた、いつもの自分の顔に戻ったような気がした。

一瞬驚いたような顔を浮かべた後で蕩けるように笑った志紀の表情を見ても、ちゃんと元に戻ったようだ。

「よくできました」

ご褒美だとばかりに志紀が唇を寄せてくる。和音は両手を志紀の首に回して、舌を伸ばした。

「ん、……ぁ、志紀、……っ志紀、もっと」

志紀の唇をぺろぺろと舐めて、濡らしたところを吸い上げる。志紀の唇が開いてその中に囚われた舌が舐めあげられると和音の背筋が甘く疼いて、自然と体がすり寄ってしまう。

舌先を絡ませ、唇でしごくように食みあってもまだ足りない。唾液の糸が引くような水音をあげながら和音は顔の向きを何度も変えて、志紀の唇を欲しがった。

少しでも離れてしまうのが寂しくて、志紀の髪に指を梳き入れて抱き寄せる。鼻先が元に戻るのと一緒に、手も人間のそれに戻ったようだった。

「……僕、変な味、しない？」

「変な味って？」

息が上がって一度唇を離すと、それでも志紀は和音の頬から首筋へ唇を転々と移していく。それがくすぐったいようで、だけど自然と体が熱くなってきて和音は身を捩った。

「犬の味、……とか」

犬の味がどんな味かはわからないけれど。犬を飼っている同級生は犬によくディープキスをされるとか言っていたから。和音の気持ちをこめたつもりのキスがそんな味だったら、ちょっと悲しい。

「しないよ。和音の味。美味しいよ」

くくくと喉の奥で笑った志紀の囁きが首筋を撫でると、なんだか急に恥ずかしくなる。

自分でキスの味を尋ねるなんて、少しはしたなかったかもしれない。だけど和音も志紀に尋ねられたら美味しいと答えるだろう。毎日でも何時間でも、ずっとキスしていたい。志紀に触れていたい。触れられたい。

「でもこの調子じゃ、完全獣化もすぐにできるようになりそうだな。どうやったんだ？」

手や鼻先は戻っても尻尾はそのままだ、と志紀が背後の尻尾に触れると、和音は思わず腰を揺らめかせて首を竦めた。

「っ、志紀……知らない、の？」

あるいは、知っていて聞いているのだろうか。犬耳や尻尾の仕組みを実は知っていたのと同じように。

もう騙されないぞとばかり和音が志紀の顔を窺うと、きょとんとした顔で見返される。——どうやら本当に、知らないようだ。

疑ってしまったばつの悪さに和音は一度口を噤むと、あまり思い出したくもないことだけど——宇佐美に襲われた最中のことを、思い返した。

なんだか今日は夜になっても、自分の部屋に戻りたくない。宇佐美のにおいが残っていそうで。

「——あのね、僕は志紀のことが好きだ、……って気付いたら、こうなったんだよ」

犬耳が生えてきた時もそうだ。

和音を変えるのは、いつも志紀のことを考えている時だけだ。

和音は志紀の首筋に顔を埋めると大好きな志紀のにおいを胸いっぱい吸い込んで、首に回した腕に力をこめた。

「今までは、そういう好きだって自覚してなくて……志紀のことはずっとずっと好きだったけど、恋をしてるんだって……キスしたり、抱きしめられたりしたいんだって思っ……た、ら……」

抱きついた志紀の体が熱くなって、首筋にじわりと汗が浮かぶのを感じ取るとようやく和音は自分が何を口走っているのか気付いて、顔に血がのぼった。

かーっと顔が熱くなって、志紀の顔をもう見ることができない。

ずっと好きだったとかキスしたいだとか、恋だとか。

無意識のうちにたっぷりと告白をしてしまった。全部本心だから構わないけれど、志紀の耳も赤く染まっているのを見ると和音の恥ずかしさも増していく。

「そ、そう……か」

「あっ、で……でも、あの、獣化してないからって志紀のことが好きじゃないわけじゃなくて……！耳生えてなかったり、耳しか生えてなかったりとかしても、……ずっと、今も、……好きだよ」

ぎゅっと鼻先を押さえたら元に戻ったけれど、それで志紀が好きな気持が落ち着いたわけじゃない。

それだけは伝えておきたくて慌てて弁明すると、志紀が首を逸らして和音の顔を覗き込んだ。

お互い赤く染まった顔を窺うように上目で見つめ合って、どちらからともなく笑い合う。

「……俺も」

志紀の長い睫毛が頬に落ちた。それに見蕩れていると唇が近付いてきて、優しく下唇を食まれる。

その優しさに吐息を漏らすと、すぐに何度も唇を吸い上げられて、和音は志紀の背中にしがみついた。

「俺も、和音のことが好きだよ。従者だからとかじゃなくて……俺は、お前のことが好きだから一緒にいるんだ。そばに、いたくて」

キスする合間に余裕のない様子でつぶやかれる志紀の言葉に、和音の胸がきゅうきゅうと締め付けられる。

甘やかな声でもっと囁いてほしいのにその唇に吸い付きたくて、和音は息を弾ませながら志紀の頬に鼻先をすり寄せた。

「お前が獣人として発現しないいんじゃないかって言われていた時、おやじ様に再婚話があったんだ。だけど俺は和音以外に就く気はないって断った。……もしお前が獣人として発現しなくても、俺はずっとお前のものだって決めてたんだ」

「志紀……」

しっとりと濡れるような志紀の声に和音が一度顔を離そうとすると、それを留めるように背中を抱き寄せられる。

照れ隠しのように思いきり額を擦り合わされると、和音も思わず笑い声をあげた。

「まあ、いろいろ言っても要するに、俺がお前のことを好きで好きで、大好きで、他の奴には絶対に渡したくないから独占欲で一緒にいるだけだけどな」

俺のものだなんて志紀の言葉が、躾のための方便だと思っていても和音は嬉しかった。

だけどそれが志紀の本心だと知らされると、堪らない気持ちになってくる。

言葉もなく、ただ志紀の愛玩犬(あいがん)になってしまいたい――なんて。

「それなのにあんなウサギ野郎に体を触らせたりして……やっぱりお前には首輪を着けて、俺の飼い犬だってことを明らかにしておかないと駄目なのかもな」

　お互い髪がぐしゃぐしゃに乱れるまで額を擦りあわせたあとで和音の頬を両手で摑んだ志紀が、悪戯っぽい目で覗き込んでくる。

　そうすることで志紀にずっと飼ってもらえるなら、それでも構わない。

　和音は知らず熱っぽくなった目で志紀を見つめ返して、濡れた自分の唇をぺろりと舐めた。

「首輪、……する？」

「うん？　着けたいのか？」

　唇を焦がすような熱い息を吐いた和音が視線を伏せて肯くと、志紀が双眸を細めた。

　もしかしたらひどくいやらしいことを自分から望んでいるのかもしれない。だけど、堪えきれなかった。もう和音の下肢は熱くなって、志紀に撫でられたがっていたから。


　カーテンを閉めきった志紀の部屋で、ベッドが軋む。

　互いの呼吸が近すぎて、熱く湿った吐息が絡みあうたび自分たちが今キスをしているのかしていないのかわからなくなる。

「ぁ……っん、ぅ……っ志紀、……っ」

　ベッドに腰かけた志紀の下肢を跨ぐ格好で向かい合わせで繋がった和音は、わななく背中を丸めて自分の指を咥(くわ)えるように声を嚙み殺した。

「和音、……大丈夫か？　キツかったら言えよ」

「ん、ぅ……へい、……っ平気」

それよりも、むしろ和音を楽にしようとして志紀の掌が背中をさするたびに全身がゾクゾクと震えてしまうのがつらい。

だけど触れられたくないわけじゃない。むしろ、もっと触って欲しい。和音の気がおかしくなるまで気持ちよくして欲しい。

「和音」

断続的に痙攣して硬直してしまう和音が顔を伏せていると、それを志紀が至近距離で覗き込んでくる。声を殺すために口に含んだ指に志紀も舌を伸ばして、舐め取ろうとする。

「ぁ、ふ……っだめ、志紀」

よだれまみれになった指を舐(ねぶ)られるのが恥ずかしくて和音が顔を背けようとすると、志紀が意地悪に笑い声をあげてそれを追ってくる。背中を抱き寄せ首輪に繋いだリードを引いて、逃れられないようにして。

そんなふうにされなくたって、下肢が繋がったままでは和音はそんなに大きくは動けない。

「ふぁ、っあ、……あ、今、ごりっ、て……っ、中」

「うん。痛くなかったか？」

和音の肩を腕の中にすっぽりと包み込んだ志紀が甘い吐息で耳をくすぐりながら唇を寄せてくる。

その中で小さく首を揺らした和音も、自分がひどく甘えた仕種で志紀に媚びていることを自覚していた。

今までだって十分すぎるくらい志紀にべったりで、同級生に呆れられていたのは知っている。だけどここまで砂糖菓子のように甘えたことなんてなかった。

大好きな相手が自分のことを好きでいてくれたなんてそれだけでも夢みたいなことなのに、その上こうして体を求め合うことができるなんて。

今までしてきた志紀の「躾」とは違う。志紀のしてくれたことはなんだって蕩けそうなほど気持ちが良かったけど、今日はもっといい。頭の芯がずっとビリビリと甘く痺れていて、気持ちいいこと以外何も考えられない。

「ずっと……志紀は、躾でこういうこと、してくれてるだけなんだって、思ってた」

体内で媚肉を抉るように穿った志紀の硬いものに乱れた呼吸が治まってくると、和音は肩で息を弾ませた。意識して息を吸い込まないと、ただでさえ眩暈を起こしてしまいそうなのに酸欠まで起こしてしまいそうだ。

どんなに気持ちを落ち着けようとしても、志紀がちょっと身動ぐだけで下肢がぶるっと震え上がって心拍数が跳ね上がる。自分から腰を揺らめかせてはしたない声を上げてしまいそうで、怖いくらいだ。

「うん、俺もそういう言い方してたし……躾がお前に必要なことなんだって言えば、お前は拒めないだろうと思ったからな」

制服を脱ぎ捨て、上体にワイシャツを羽織っただけの格好なのに汗が滲んでくる和音の額に貼りつく髪を撫で上げながら、志紀が苦い顔をよぎらせる。

その頰に手を伸ばして、和音は眉を顰めた。

「僕が志紀にされること、嫌がるわけないよ。……志紀にだったら、何されてもいいから」

何でもして欲しい。

躾でも、躾じゃなくても、志紀にされることで和音が嫌だと思うことなんてありえない。

両手を添えた顔に唇を寄せると、ふと志紀が息を吐いて笑ったのを感じた。と同時にベッドを軋ませて下から突き上げるような律動が始まって、和音は背を反らした。

「ぁ、ん……っん、ん……！」

「お前ね、そんなこと他の奴に言うなよ？」

汗で濡れた志紀の両手が腰を摑んで、膝の上で跳ねる和音の体を押さえこむ。深々と突き刺さったものを奥へ擦り付けるように突き上げられると、和音は自然に身を捩って声をうわずらせた。

「い、……っうわけ、ない……っ！　志紀に、志紀にだけ……っだからぁ……っ！」

志紀だから、何をされてもいい。何でもして欲しい。和音だって、志紀が他の人にこんなことをしていたら耐えられない。

和音は志紀の犬で、志紀は和音だけのものだから。

「和音、すごい中がビクビク震えて……めちゃくちゃエロいな」

水音を響かせながら腰を弾ませた和音の耳に唇を掠めさせながら、志紀が背後の尻尾をついと手に取った。

「ぁ……っ!? ゃ、だめ……っ志紀、尻尾……は、ぁっ」

根元から先端までゆっくりと撫でたあと、尻尾の付け根へ指先を戻らせた志紀がきゅうっと根本をつまみ上げた。

「ひぁああ……っだ、めぇ……っ! 志紀、っ志紀ぃ……! イっちゃ、イッちゃうから、っ……!」

志紀のものを飲み込んだ肉襞(ひだ)が痙攣するように動いたのが、自分でもわかる。きゅうっと絞り上げるように緊張した下肢は、志紀の猛(たけ)りの形がありありと感じられて理性が掻き消えていく。

志紀の手は一度つまみ上げた尻尾をぐりぐりと絞るように捻ったかと思うとまた先端まで撫で、またすぐに付け根を刺激してくる。

「ゃ――……っあ、あっぁあ……っ志紀、ィ……っ! それだめ、っだめえ……っ! イっちゃう、っおしり気持ちよくて、イっちゃう、ぅう……っ!」

自ら腰をグラインドさせるように揺らしているのが尻尾を弄る手から逃れたいのかあるいは志紀の抽挿を欲しがっているのか、自分でもわからない。

ただ尻尾をしごかれるたびに、和音の前でそそり立ったものからは止めどなくよだれが溢れ出てきて、その下の結合部をぬかるみのように濡らしている。

志紀と繋がった部分が濡れれば濡れるほど、感度が増していく。感度が増すと和音はまるで自分が性獣にでもなったかのような気持ちで志紀の背中に爪を立て、体を弾ませた。

「気持ちいいお尻は、どっちのほうだ？　尻尾？　それとも……」

「中のほう、っ……！　中、いっぱい志紀入って……っ気持ち、い……っ！」

嬌声が止まらなくて口内の唾液を嚥下することもできなくなった和音がよだれを滴らせながら言うと、志紀が詰めていた息を吐き出した。もしかしたら笑ったのか、ため息をついたのかもしれない。

「――マジでお前、エロすぎ」

掠れた声でつぶやいた志紀の表情を確認したくて和音が首を擡げようとすると、その顎を摑まれて乱暴に唇を貪られた。

「んぅ、……っん――……っんん、っぅ、ぁ、っふ……んん――……っ！」

乱暴に塞がれた唇に舌をねじ込まれて、和音は反射的に身を捩った。突然のことで、息苦しい。だけど志紀の手が頭に回りこんでくると強く抱き寄せられてまるでキスで縛り付けられるようだ。

喘ぐように口を大きく開いて息継ぎを欲しがっても、それすら志紀は許さないというように唇を重ねなおしてきて、和音はくぐもった悲鳴を上げた。

そうする間にも志紀は尻尾を摑んだ手で和音の腰を揺さぶりながら荒々しく突き上げてくる。

「ひ、……っん――……！　んぅ、ン、ん――……っん、んぅ、ん――……っ！」

呼吸さえも志紀にコントロールされ、まるで犯されるように体内を掻き混ぜられると和音は眉根をきつく寄せながら、しかしどこか頭が恍惚としていくのを感じた。

体の自由を志紀に奪われている。嫌がっても逃れようとしても容赦なく快楽を浴びせかけられ、触れられてもいない屹立から蜜が勢いよく漏れ始めている。

達してしまいたいし、今にも達してしまいそうだけれど、それを志紀に問うこともできない。イッてしまったら志紀に怒られるかもしれないと、普段なら考えもしないことを不安に思うとそれがよけい興奮になって、気付くと和音は自ら志紀の突き上げに律動を合わせていた。

息苦しさで全身が朱に染まり、心臓が破裂しそうなくらいに苦しい。

「ひ、……っぅ――……！　ィ、……っん、んん――……ッ！」

耐え切れなくなった衝動が、どっと和音の中で弾けるように破裂した。

そう感じた瞬間和音の体は大きく痙攣して、おびただしいほどの熱い迸り（ほとばし）が勢いよく噴き上がった。

「――……っは、ぁ……っふぁ、っはぁ……っは、は……」

志紀のいじわる、と恨みがましく言ってやりたいのにその声を紡ぐことも難しい。

和音が達するのと同時にやっと解放された唇はよだれまみれで、それを拭う暇もないくらい息が上がっている。お互いに。

そしてそれ以上に、そんな極限の状況で今までにないくらいの絶頂を迎えさせられた和音の体はひどく脱力して、志紀の膝の上に座っていることすらつらい。

最初は上体を志紀に凭れさせていたもののやがてずるずるとベッドに倒れこむと、志紀が慌てて手を貸してくれた。

「和音、大丈夫か？　……ごめん、我慢できなくて」

志紀の息も、当然上がっている。顔は真っ赤に染まっていて、ワイシャツが肌に張り付いている。

志紀のことをクールでかっこいいと憧れている女子たちみんな志紀のこんな姿を見たことがないんだろうと思うと、和音の中で劣情に似た何か別のものが湧き上がるようだった。

志紀を独り占めしているという、優越感にも似ている。

「大丈夫……。志紀」

志紀の手でベッドの上に丁寧に寝かされると、和音はその首に腕を伸ばしながら熱の冷めきらない視線で仰いだ。

実際、あんなにたくさんの蜜を噴き上げてイったばかりなのに耳も、尻尾も生えたままだ。

「志紀、もっと……もっと、して」

体の中の熱が収まらない。

和音の中に埋められたままの志紀のものだってまだ果ててはいないし、一度頂にのぼりつめた和音の体はさっきまでよりも更に過敏になっている。志紀の吐息が肌をくすぐるだけでも甘い声をあげてしまいそうなほど。

「和音」

志紀の喉が上下して、唾液を飲み込む音が聞こえた。

大きな掌がベッドの上の和音の肩を摑んで押さえつける。和音がキスを欲しがって首を持ち上げようとすると、首輪の金具がチャリと微かな音をたてた。

「志紀……志紀の、赤ちゃん欲しいから……っいっぱいして、僕の中に……いっぱい、志紀のちょうだい」

本当に志紀の子供を産むことができたらいいのに。

切ない気持ちを押し殺して言葉にするたびに、背後の媚肉がきゅんきゅんと志紀を締めあげてしまう。志紀もまたそれに呼応するように和音の中で跳ねて息衝いている。

「ほんっと、お前……」

大きく息を吸い込んだ志紀が、泣き出しそうに愚図った和音を見下ろして長いため息を吐き出した。

まるで怒っているように顔を顰めているけれど、和音は少しも怖いとは感じなかった。

呆れたように項垂れた志紀が、視線を上げて和音を睨めつける。

「志、紀……？」

濡れそぼった和音のものは、果てたばかりでももう既に勃ち上がっていた。弾ませた息が熱くて、全身で志紀を欲しがっている。

「もう知らないからな？　……泣いて嫌がったって、やめてやらないぞ」

不機嫌そうに唇を尖らせた志紀が、それでもどこかはにかんでいるように見えた。

「嫌なんて、言わない……っ、僕のこと、志紀の好きにして」

和音の上で体を起こした志紀に雄の表情がよぎると期待で胸が締め付けられて、自分がいかに淫らなものになってしまったのかと思い知る。

だけどそれを恥ずかしがる間も与えずに志紀が和音の首輪に繋がったリードを握ると、下肢を抱え上げて腰を突き挿れてきた。

「ん、ぁ――……っ」

ぐっと強く突き上げられたせいで背が仰け反り、声が漏れる。志紀は間を置かずにそのまま深いところで腰を小刻みに弾ませ始めた。

和音のリードは短く持ったままだ。志紀の昂ぶりに引き寄せたまま固定されながら更に奥を抉るように抽挿されると、和音は窮屈な姿勢のままか細い悲鳴のような声で啜り泣いた。

「イ……っあ――……っし、……っ志紀、っすご……奥、すごい、っよぉ……！　すごい、っおっき……の、いっぱい、っ」

鼓動よりも早い律動で激しく何度も中を擦られると、和音は丸く開いた口から虚ろな声を上げながらよだれを漏らすことしかできなくなっていた。

志紀の息が荒く、苦しそうだ。

だけどその目には志紀がいつも眠っているベッドのシーツを乱して痴態を晒している和音だけが映っていて、和音の目にも志紀しか映ってない。

「……っ和音、も……っ、出すぞ」

歯を食いしばった志紀が呻くように言うと、リードを摑んでいないほうの手を滑らせて和音の胸を摘んだ。

「ひ、ぁ——……っ！　ぁ、あっ……僕もイく、イっちゃ……っあ、志紀、イっちゃう、イっちゃ……！　お願い、一緒に、いっしょ……——っ！」

和音の下肢を高く抱え上げた志紀がベッドから腰を浮かせて叩きつけるように抽挿を激しくする。志紀が腰を引くたびに結合部から漏れた蜜が糸を引き、突き挿れるたびに飛沫が飛び散る。

志紀が遠ざかっても打ち付けられても、体内でそれが身動ぐたびに和音は声を抑えることができない。

「あぁ一緒に……一緒に、イこうな」

息を詰めた志紀が和音のリードを握りしめる。それだけでまるで強く抱きしめられているような錯覚に陥って、和音は目を瞠った。

どっと体の熱が上がる。背後の志紀も大きく震えたようだった。

「あ、……っもう、イ——……っ！」

か細い声を上げた和音のリードを志紀が強く引く。それに引き寄せられた和音が志紀の背中にしがみついた時、——二度目の絶頂を迎えるのとともに、背後に熱いものが注ぎ込まれた。

頭の中が真っ白になるくらいそれは勢いよく和音を焦がし、恍惚とした意識が混濁するまで断続的に何度も浴びせかけられた。

少し窮屈だけれどあたたかな腕の中で和音が目を覚ますと、窓の外は日が暮れ始めていた。

「……よく寝てたな」

まだぼうっとする頭を身動がせて目蓋を上げるとすぐ近くに志紀の視線があって、急に鼓動が跳ね上がる。

体のあちこちにはまだ志紀に乱暴に摑まれた感触や、汗ともよだれともつかない体液が残ったままだ。それ以上に、双丘の奥に鈍痛のようなものを感じる。志紀が入っていた証拠だ。それを意識し始めるとまた体が疼いてくるようで、和音はぎゅっと目を瞑った。

「き、きき、昨日よく眠れなかったから……！」

「ん？　そうか。……ごめんな」

志紀の声もまだ気だるげだ。それがなんだかいやらしく感じて、和音は志紀の胸に埋めた顔からそろりと視線だけ仰がせた。

志紀も制服を脱いだのだろうか、和音が体をぴたりと寄せた胸はあらわになって筋張った筋肉に直接触れている。これもぺろぺろと舐めたいと言ったら——志紀は嫌がらないかもしれないけれど、自分がますます変態になっていくような気がする。

ひとりでに熱くなった顔を伏せて和音が体を丸めると、ベッドから転げ落ちてしまわないように志紀が背中を抱き直してくれた。

そうされて初めて自分が、そして志紀も下着一枚さえ着けていないことに気付いてますます恥ずかしくなってくる。

「何今更恥ずかしがってんだよ」

和音の顔は見るからに赤くなっているんだろう。志紀がおかしそうに喉を鳴らして笑った。気を抜いたら、また耳が生えてきてしまいそうだ。

ふと首に触れてみると、首輪は着いている。リードは外れているようだけど。

これは、和音が志紀のものだという証だ。だから、外されていなくて良かった。

「うん？」

羞恥で潤んだ視線を上げると、ベッドの中に潜り込んだ和音を志紀が優しく覗き返してくる。

それだけで、なんだか気持ちが通じあっているような気がして胸がじんと熱くなる。志紀を好きという気持ちで、指先までいっぱいだ。

なんだかむずむずとする指を手の中に握り締めると、それを志紀の掌が包み込んだ。

「また獣化しちゃいそう？」

「うん……」

志紀を好きだと思っていたのが、やっぱりバレてしまっていたみたいだ。和音がまた恥ずかしさで背中を丸めるよりも先に、志紀が笑った。

「……さっき、いっぱい声出ちゃった。し、……下に聞こえちゃった、かも」

志紀の部屋は今でこそ山へ帰っていく鳥の声さえ聞こえるくらいに静まり返って、衣擦れの音しか聞こえない。だけどさっきまでは焦げ付きそうなくらいの熱を擦り合わせて、和音は痙攣するたびに上ずった声を張り上げていた。

階下には志紀の母親がいることを知っていたのに。

思わず重いため息が漏れる。

「まあ、いいんじゃないか。俺はもうとっくに、おやじ様にお前をもらうって宣言しちゃったようなものだし」

「！」

ベッドに重い体を沈めて唇を尖らせていた和音は、目を瞠って志紀を仰いだ。

確かに、父と話をつけてきた――というのはつまり、そういうことになる。

突然また心臓が高鳴り始めて、混乱する。

もう志紀の親だけじゃなく自分の父親にさえ、和音と志紀が好きあっているということがバレてしまっているということだ。

今晩志紀の家に泊めてもらうにしても夕食には志紀のご両親と顔を合わせるだろうし、明日自分の家に帰っても父に会うことになる。

一体どんな顔をして会えばいいのかわからなくて、和音は志紀に縋り付いた。

「結婚するって、そういうことだろ？　お前が俺のことを好きで……お前も俺のこと好きなんだって、他の人たちに宣言してるのと同じじゃん」

情けない顔をした和音を見下ろして笑った志紀が、くしゃりと髪を撫でる。

和音も志紀も、お互い他の人と人生を歩む気なんてない。一生一緒にいたいほど好きだから、みんな結婚するのだから。

恥ずかしがるなと言われても今は無理だけど、和音は小さく肯いて志紀を仰いだ。

和音が頭までかぶった布団を捲って志紀も潜り込んでくる。まるで世界にふたりきりだ。

少し窮屈だけど、と和音が小さく笑うと志紀がその肩を抱いて唇を寄せてきた。

「……幸せにするから」

肌をくすぐる微かな声と、志紀のあたたかいにおい。

和音はうっとりと目蓋を伏せてキスを受け止めながら、心の中で囁いた。

――もうとっくに幸せにしてもらってるよ。

あとがき

こんにちは、茜花（さいか）ららと申します。大変ありがたいことに六冊目の著書となります。

「ネコミミ王子」、「狐が嫁入り」ときて、今回は犬耳です！（笑）シリーズでもなんでもないのですが…今回は受けのケモミミ♡でした！

犬を飼ったことはあるのですが、本作を書くにあたって犬の生態――特に生殖活動について調べたりしたのですが、オス犬の発情期は特になく、発情したメス犬の近くにいるとサカッてしまう……ということを知って志紀（しき）やばい……と思った次第でした。（笑）

今回は犬耳にとどまらず、マズルや肉球の描写ができたのもとっても楽しかったです！あわよくば完全獣化も書きたかったくらいですが……更に完全獣化からのＨ……さすがにいろんなことに抵触しそうですね？　どうでしょう……？　少なくともニッチですね！（笑）

マズルが書けただけでもとっても嬉しかったのですが（お気に入りのシーンはそれを肉球のついた手でぎゅっぎゅっと押し込むところです）、大切なシーンだっただけに「ゴムパッキン」という表現ができなかったのは心残りです……！

わんこのかわいいところはたくさんあると思いますが、中でもゴムパッキンのかわいさは異常ですよね♡

本作でかっわいいいい垂れ耳を描いてくださいました日野（ひの）先生、ありがとうございます！　サブキャラまで丁寧に描いていただいて感動しました！　そして今回も担当O様には大変お世話になりました！　いつも心癒されるお声での電話ありがとうございます……！

最後になりましたがこの本をお手にとってあとがきまで読んでくださっている皆様に何よりの感謝を！　少しでも楽しんでいただけましたら幸いです。そしてあわよくばまた次の本でお会いできますように！

２０１６年５月　茜花らら

この本を読んでのご意見・ご感想をお寄せ下さい。

〒151-0051
東京都渋谷区千駄ヶ谷4-9-7
(株)幻冬舎コミックス　リンクス編集部
「茜花(さいか)らら先生」係／「日野(ひの)ガラス先生」係

リンクス ロマンス

犬神さま、躾け中。

2016年5月31日　第1刷発行

著者…………茜花(さいか)らら
発行人…………石原正康
発行元…………株式会社　幻冬舎コミックス
〒151-0051　東京都渋谷区千駄ヶ谷4-9-7
TEL 03-5411-6431（編集）
発売元…………株式会社　幻冬舎
〒151-0051　東京都渋谷区千駄ヶ谷4-9-7
TEL 03-5411-6222（営業）
振替00120-8-767643
印刷・製本所…株式会社　光邦
検印廃止

ISBN978-4-344-83720-1 C0293
Printed in Japan

幻冬舎コミックスホームページ　http://www.gentosha-comics.net